Vom Kreuz zur Krone und in die Zukunft

Ein Evangelium Familienbuch
Erstes Buch

Rob und Gaia Carvell
Übersetzung ins Deutsche: Karin Gaigg

Titelseite Gestaltung: Pier Angelo Baltrami, Culture Design, LLC
Die Benutzung der Titel Fotos ist erlaubt.
Das Foto der Krone des Königs der Könige ist von Rod Cameron.

Die meisten Zitate der Heiligen Schrift sind von der Luther Bibel.

Zitate von Hyung Jin Sean Moon sind von *Rod of Iron Kingdom*
Copyright 2018 by Hyung Jin Sean Moon,
ebenso wie einige Predigten die er gab. Benutzung erlaubt mit
freundlicher Genehmigung.
(**www.RodofironMinistries.org**)

Der Text "The Constitution of the United States of Cheon IL Guk",
einschließlich des Vorwortes als Werk und als Dokument, ist
erhaltbar unter „WPUS Public Domain Dedication and Usage
License, Version 1.1"
Die deutsche Version der „Die Verfassung der Vereinigten
Staaten von Cheon Il Guk" wurde von dem Sanctuary Team in
Deutschland nach bestem Wissen übersetzt, aber noch nicht in
einer endgültigen und in Bezug auf die Rechtsbegriffe
abschließend autorisierten version.

Vom Kreuz zur Krone und in die Zukunft

Widmung

Wir möchten dieses Buch unseren Kindern und ihren

Ehepartnern Ariella, Ben und Sylvia, Emanuele und

Stephanie, Rowan und Kimyo widmen. Jeder von

ihnen sucht und verbindet sich auf eigene und

spezielle Weise; und so gilt diese Widmung für alle

von Gottes Kindern.

Ganz besonders möchten wir Rev. Moon in dieser Widmung

hervorheben, der durch bedingungslose Liebe und Opfer uns

dieses Wissen brachte, und seinen treuen Sohn und Erben

Hyung Jin Moon, durch dessen Hingabe und Führung das

große Werk der Bildung des Königreiches weitergeführt

wird.

Vom Kreuz zur Krone und in die Zukunft

Vom Kreuz zur Krone und in die Zukunft

Anerkennung

Ich möchte meine Frau ehren, ihr Feuer, ihre Inspiration und ihren Elan, dieses Buch zu schreiben. Es wäre niemals ohne sie geschehen. Mein Anteil war nur die Worte aufs Papier zu bringen.

Wir danken besonders Caroline und Linda für ihre unschätzbare Hilfe, Freundschaft und Anregung.

Wir möchten auch einigen der frühen Nachfolger von Rev. Sun Myung Moon danken, besonders Dr. Young Oon Kim für die Klarstellung von Jesus' Leben.

Nichts von dieser Wahrheit wäre je möglich gewesen ohne des tiefen, tränenreichen Gebetes, der Suche und des Leidens des Rev. Sun Myung Moon und der inspirierten Führung seines Sohnes und Erben Hyung Jin Moon. Wir stehen ihnen beiden in tiefer Schuld. Vielen Dank.

Vom Kreuz zur Krone und in die Zukunft

Inhaltsverzeichnis

Vom Kreuz zur Krone und in die Zukunft

Vom Kreuz zur Krone und in die Zukunft

Vorwort

Ich wuchs auf , was ich vor vielen Jahren als einen normalen christlichen Haushalt ansah. Unser reguläres Sonntagsprogramm war die örtliche Kirche zu besuchen.

In meinen frühen Teenage Jahren besuchte ich ein Billy Graham Revival mit dem tiefen Wunsch, eine Wiedergeburt zu erleben. Nichts geschah. Hmm, war etwas falsch mit mir? Ein oder zwei Jahre später kam er zurück, und ich versuchte es wieder. Dasselbe Resultat. Okay, ich lebte an sich schon wie ein Christ und studierte die Bibel. Vielleicht waren intensive Wiedergeburtserlebnisse nur für die Ungläubigen, und außerdem war es mir nicht richtig klar, wie eine Wiedergeburt Erfahrung sich anfühlen sollte; ich wusste nur, dass ich keine hatte. Trotz allem war ich fasziniert vom Inhalt der Bibel, aber je mehr ich las, desto mehr Fragen kamen auf.

Meine Frau sagte mir, dass ich immer Fragen stelle – wie funktioniert das, oder warum tun die Menschen das? Als älterer Teenager war dieses Denken besonders intensiv, und eines Tages, als ich so auf der Straße hinging, stoppte ich plötzlich. Wenn die Menschen wirklich glauben, was Christus lehrte, warum musste er dann sterben? Hätten wir nicht eine wunderschöne Welt, wenn Christen wirklich so leben würden wie

Christus es lehrte? Die offensichtliche Antwort darauf war für mich, nicht an Christus oder Gott zu zweifeln, sondern dass die Leute nicht an Christus glaubten oder ihn nicht verstanden. Dies öffnete die Tür zu unendlichen Fragen, und um Sherlock Holmes zu zitieren: "The Game was afoot!" Die Suche begann. Ein halbes Jahrhundert später verstehe ich jetzt, dass es Millionen von Christen gibt, die tief und aufrichtig an Christus glauben und ihn lieben. Aber ich war damals nur ein Teenager, und meine geistige Entwicklung war am Anfang.

In Matthäus 7. 7 wird uns geraten, Christus zu fragen, zu suchen und anzuklopfen und wir werden empfangen. Die Schnelligkeit der Antwort hängt vermutlich von vielen Dingen ab, nicht zuletzt auch von der Klarheit der Frage; dennoch führte mich Gott auf eine erstaunliche Reise um die ganze Welt und durch vielfältige religiöse Erfahrungen, innerlich sowie äußerlich. Diese Geschichte würde selbst ein wunderbares Buch ergeben, aber nicht jetzt. Fünf Jahre später kam ich in New York auf Einladung zu einem Wochenendseminar an. Was ich auf diesem Seminar lernte und seit vielen Jahren seitdem, ist der Inhalt, den ich nun weitergeben möchte.

Dieses Buch, Vom Kreuz zur Krone, ist eine Reise, die die ganze biblische Geschichte von der Schöpfung bis zum Ende des Vollendeten Testaments und die

Errichtung Gottes Königreichs auf Erden einschließt. Es ist keine detaillierte Enzyklopädie, als diese würde die Heilige Schrift, die Göttlichen Prinzipien und die Acht Großen Textbücher umfassen. Unser Ziel mit diesem Buch ist, eine umfassende und anregende Übersicht zu geben, die das Verständnis aufweckt, wo wir gerade jetzt in der menschlichen Geschichte stehen. Zieht das Leben täglich dahin ohne Bedeutung, oder sind wir in der Mitte der größten Geschichte aller Zeiten? Seine Geschichte. Wir werden uns in den Zweck der Schöpfung vertiefen, welches Unrecht geschah, die Rolle des Messias und wo wir heute stehen. Sollte gemäß den Globalisten „eine globale Lösung für ein globales Problem" existieren? Arbeiten wir von der Spitze nach unten, indem wir tyrannisierende und unterdrückende „Lösungen" ausüben, die nichts anderes tun, als unsere von Gott gegebenen Freiheiten wegzunehmen? Oder fangen wir mit dem Individuum an, gehen dann vorwärts zur Familie, zur Nation und bis zur Welt? Der Messias kam im Grunde als ein Individuum, nicht als eine Korporation oder ein Regierender.

Wir behaupten nicht, dass wir etwas schreiben, was noch nie vorher bekannt war, denn alles in diesem Buch ist von den bereits erwähnten Großen Texten. Alles wurde seit einem halben Jahrhundert geschrieben und gelehrt in den Predigten des Wiederkehrenden Herrn, seinen Nachfolgern und seinem Sohn und Erben. Unser Wunsch ist es, diese Information weiterzugeben, so dass die gesamte Menschheit die neue Botschaft vom kommenden Königreich erfahren kann.

Wir haben keinen Zweifel, wenn Ihr ernsthaft fragt, sucht und anklopft, dass dieses Buch, Vom Kreuz zur Krone, Euch substanzielle Antworten geben kann, oder wenigstens das Interesse anregen kann. Bitte lesen Sie mit einer offenen und auch fragenden Haltung, und schließen Sie sich uns an, sein Himmlisches Königreich hier auf Erden zu bauen.

In Christus. Vielen Dank

Kapitel 1

Jesus kam nicht zu sterben!

Dies ist eine kühne Aussage von der Perspektive des heutigen Christentums, aber nicht vom Standpunkt der frühen Nachfolger Christi, die ihm am nächsten standen. Im 7. Kapitel der Apostelgeschichten gibt Stephanus eine wundervolle gekürzte Übersicht der Juden und deren Verwerfung der Propheten zum jüdischen Hochgericht (Sanhedrin), einschließlich ihres Betruges und der Hinrichtung Jesus. Zur Klarstellung ihrer Geschichte nahm der Sanhedrin Stephanus aus der Stadt heraus und steinigte ihn zu Tode. Stephanus Überzeugung, dass Jesus nicht kam, um zu sterben, sondern betrogen und ermordet wurde, war so stark, dass er sein Leben dafür hingab.

Für das Volk der Juden war der Messias ein Mensch, ein starker Führer von Gott, geschickt, um das Volk vom Leid zu befreien und das Königreich zu errichten – ein König. Sie fragten sogar Johannes den Täufer, ob er der Messias war.

Johannes der Täufer predigte: "Tut Buße, denn das Himmelreich ist nahe herbeigekommen." Jesus sagte dasselbe und drängte seine Zuhörer zu bereuen und an die gute Nachricht zu glauben. Jesus Errichtung des

Königreiches sollte nicht nach dem Tode kommen oder nur im Geiste des Individuums.

Das Himmlische Königreich, von dem Johannes der Täufer und Jesus sprachen ist Gottes Herrschaft auf dieser Erde, die Errichtung von dem Guten und der Liebe hier und heute, nicht nur innerlich, sondern durch das Leben, ein physisches Königreich das in der Geschichte realisiert wird.

Dieses Königreich zu empfangen und dafür zu arbeiten, war ihre höchste Priorität. Vom Anfang bis zum Ende war das Königreich Jesus einziges Anliegen. Jesus sagt uns in Johannes 6. 29 „Das ist Gottes Werk, dass ihr an den glaubt, den er gesandt hat." Über das Evangelium hindurch sind zahlreiche Verse verstreut, in denen uns Jesus mitteilt, dass es seine Aufgabe war, das Himmlische Königreich auf Erden zu predigen. In Matthäus 4. 17 sagt er uns „… das Himmlische Königreich ist nahe herbeigekommen." In Matthäus 4. 23 und 9. 35 wanderte er durch Galiläa und predigt das Evangelium des Königreiches. In Matthäus 24. 14 sagt er uns, dass das Evangelium des Königreichs über die ganze Welt gepredigt wird; und in Markus 1.14 „…kam Jesus nach Galiläa und predigte das Evangelium vom Reich Gottes."

Jesus lehrte seine Jünger täglich für das Königreich auf Erden zu beten, wie z.B. in Matthäus 6. 9-13: „Unser Vater im Himmel, geheiligt werde dein Name. Dein

Reich komme. Dein Wille geschehe auf Erden wie im Himmel. Unser täglich Brot gib uns heute. Und vergib uns unsere Schuld, wie wir unseren Schuldigern vergeben. Und führe uns nicht in Versuchung, sondern erlöse uns von dem Übel. Denn dein ist das Reich und die Kraft und die Herrlichkeit in Ewigkeit. Amen."

In Matthäus 25. 34 finden wir einen Hinweis, was das Königreich ist, wenn Jesus sagt: „Kommt her, ihr Gesegneten meines Vaters ererbt das Reich, das euch bereitet ist von Anbeginn der Welt." In den Versen 27 und 28 können wir sehen, wie die Beziehung zwischen Gott und Mensch geplant war, aber davon werden wir später mehr sprechen.

Nur gegen das Ende seines Amtes sagte Jesus sehr zögernd seinen nächsten Nachfolgern, dass er den Weg des Kreuzes gehen werde wegen dem Unglauben und Betrug der jüdischen Leiterschaft (Matthäus 16. 21). Aber selbst dann versuchte er verzweifelt, eine Möglichkeit zu finden, das Himmlische Königreich aufzubauen.

Im Garten Gethsemane, bevor er betrogen wurde, sagte er seinen engsten Jüngern, Peter, Jacob und Johannes: „Meine Seele ist betrübt bis an den Tod; bleibet hier und wachet mit mir!" (Matthäus 26. 39); und er fragte sie, wach zu bleiben und mit ihm zu beten. „Mein Vater, ist's möglich, so gehe dieser Kelch von mir; doch nicht wie ich will, sondern wie du willst!" (Matthäus 26. 39) Er betete dies dreimal. Er wollte durch sein eigenes Opfer das Königreich verwirklicht sehen.

Dann kam die erschütternde Tragik des Kreuzes. Jesus Hinrichtung war ein Schock und eine Katastrophe für sie und alle, die Jesus Botschaft mit Enthusiasmus anhörten. Die Kreuzigung stand im Gegensatz zu dem ganzen Inhalt von Jesus Lehren. Jesus Leid, Schmerz, Verzweiflung und sein Schamgefühl über das Gefühl des Versagens waren überwältigend.

Dazu war die Kreuzigung ein großes Hindernis für alle Juden, die Jesus beobachteten und ihn als möglichen Messias betrachteten. Die Juden erwarteten Gottes Messias als siegreich und verherrlicht, nicht verworfen und gekreuzigt.

Jesus Jünger waren entmutigt, als sie das hilflose Ende ihres Meisters ansehen mussten. Nur die Erfahrung der Auferstehung wiederbelebte ihren Glauben und ihre Hoffnung. Obwohl Jesus Mission auf Erden scheiterte, akzeptierten seine Nachfolger ihn viel mehr als Messias und Sohn Gottes nach seiner Kreuzigung und Auferstehung als während seiner Lebenszeit. Gott hätte niemals Jesus Glauben und Hingabe vergessen, wodurch eine Basis für Gottes Werk der Erlösung auf einer geistigen Ebene geschaffen wurde. Aber das physische und weltliche Königreich konnte zu dieser Zeit nicht realisiert werden. Dies sollte erst noch kommen.

Paulus, als ein gelehrter jüdischer Nachfolger, musste Jesus' frühen Tod rationalisieren und erklären. Es war keine leichte Aufgabe, das Kreuz den Nichtjuden gegenüber zu rechtfertigen und sogar mehr problematisch in Bezug auf die Juden. Paulus sagte in 1.Korinther 1. 22-24: „Sintemal die Juden Zeichen fordern und die Griechen nach Weisheit fragen, wir aber predigen den gekreuzigten Christus, den Juden ein Ärgernis und den Griechen eine Torheit; denen aber, die berufen sind, Juden und Griechen, predigen wir Jesus Christum, göttliche Kraft und göttliche Weisheit." In Römer 5. 9: „So werden wir ja viel mehr durch ihn bewahrt werden vor dem Zorn, nachdem wir durch sein Blut gerecht geworden sind."

Durch Paulus erlangte Jesus schändlicher Tod die Bedeutung der Erlösung, transformierte ihn in einen glorreichen Tod und seine Mission als siegreich und beschleunigte den Glauben an die Erlösung durch das Blut. Man kann die heutige Christenheit auch fast ‚Paulismus' nennen.

Nach der Zeit des Paulus gab es noch mehr Veränderungen. In den griechischen christlichen Kirchen wurde dem Evangelium eine mystische Interpretation gegeben. Die Griechen betonten die mystische Vereinigung des individuellen Gläubigen mit

Vom Kreuz zur Krone und in die Zukunft

dem auferstandenen Jesus anstelle des kommenden Königreiches. Diese Änderung kann man besonders klar in Johannes, dem letzten Evangelium des Neuen Testamentes, sehen. Aber Jesus predigte niemals Mystik. Sein einziges brennendes Streben war nach dem Kommen des Königreiches Gottes.

Im Laufe der Jahrhunderte bewegte sich die Christenheit immer weiter weg von ihrem ursprünglichen Anfang. Trotz allem hatten die frühen Christen den Fisch und nicht das Kreuz als ihr Symbol ausgewählt. Das Kreuz war das römische Instrument der Strafe für die niedrigsten Verbrecher, und für die frühen Gläubigen bedeutete es die Tragödie von Christi Ablehnung und Mord. In den römischen Katakomben, wo noch die Spuren der ersten drei Jahrhunderte christlicher Anbetung sichtlich sind, kann kein Kreuz gefunden werden.

Das Kreuz wurde zum Symbol des Christentums im vierten Jahrhundert AD, wo es auf die Schilder der Soldaten von Kaiser Konstantin angebracht wurde. Er wollte es dort haben, so dass sie siegreich wären im Kampf gegen die ständigen Angriffe des Islam.

Gottes Königreich verschwand aus aller Sicht oder wurde so weit in die Zukunft geschoben, dass es alle gegenwärtige Bedeutung verlor. Anderen Dingen wurde Vorrang gegeben. Einige Kirchen, zum Beispiel, legten die höchste Bedeutung auf die Sakramente. Selbst zur heutigen Zeit erklären manche Kirchen den Ritus der Taufe als wichtigsten Teil des Christentums. Für andere ist die heilige Kommunion am Bedeutsamsten für ihren Glauben. So kommt es bei der Erlösung auf die Sakramente an, und die Bedeutung liegt individuell zwischen Gott, Jesus und dem Selbst.

Die Rolle von Johannes dem Täufer

Eine der bedeutendsten Personen während der Zeit Jesu war Johannes der Täufer, der von vielen als der letzte der Propheten des alten Testamentes angesehen wurde. Jesus sagt uns in Matthäus 11. 12: „Aber von den Tagen Johannes des Täufers bis hierher leidet das Himmelreich Gewalt, und die Gewalt tun, die reißen es an sich." Dies ist schwierig zu verstehen unter der Annahme, dass Johannes der Täufer erfolgreich war in seiner Mission. So sollten wir Jesus Beschreibung von Johannes Mission analysieren, um klarzustellen, warum Gewalt eintrat.

Matthäus 11 zeigt die kritische Haltung von Johannes gegenüber Jesus, obwohl die Geschichte schon im 3. Kapitel beginnt. Hier lesen wir von Johannes' Taten in der Wildnis, als er den Leuten sagte „Tut Buße, das Himmelreich ist nahe herbeigekommen." Er wurde als derjenige bezeichnet, der in Jesaja 40. 3 erwähnt wurde: „Es ist eine Stimme eines Predigers in der Wüste: *Bereitet dem Herrn den Weg, und machet richtig seine Steige.*"

(Matthäus 3. 3). Er kritisierte außerdem die Pharisäer und Sadduzäer (der Sanhedrin), nannte sie Otterngezüchte, die nicht automatisch den Eingang zum Himmelreich erwarten, sondern zuerst bereuen sollten. Er legte Zeugnis ab zum Kommen des Messias, und als Jesus vor ihm stand, um getauft zu werden hatte er ein geistiges Erlebnis: „ ... und er (Johannes) sah den Geist Gottes gleich als eine Taube herabfahren und über ihn (Jesus) kommen. Und siehe, eine Stimme vom Himmel herab sprach: *'Dies ist mein lieber Sohn, an dem ich Wohlgefallen habe.'"* (Matthäus 3.16-17). Ein wunderbarer Anfang! Aber danach wurde alles eher fraglich.

Matthäus 9.14 zeigt, dass Johannes' Jünger Jesus in Frage stellten, als ob sie von einer anderen Gruppe kämen. In Johannes 3. 25-26 sehen wir, dass Johannes seinen eigenen Weg ging, anstelle Jesus Hauptjünger zu werden, und er sagte: „Er muss wachsen, ich aber muss abnehmen" in Johannes 3. 30. Dies hört sich nicht an wie jemand, der „glaubt an Denjenigen, der von Ihm gesendet wurde". Hätte Johannes wirklich geglaubt, dass Jesus der lang erwartete Messias war, würde er die Lehren Jesu gelehrt haben als sein Hauptjünger, und er hätte Jesus' Behauptung akzeptiert, dass er (Johannes) in die Position des Elias gestellt war, um den Weg des Herrn zu bereiten (Matthäus 11. 7-11). Johannes verneinte nicht nur, dass er Elias war (Johannes 1,21), aber er stellte selbst in Frage, ob Jesus wirklich der Messias war.

Johannes Rolle als Elias war kritisch damit Jesus von dem jüdischen Volk anerkannt werden konnte, auf Grund von Maleachis Prophezeiung: „Siehe, ich will euch senden den Propheten Elia, ehe denn da komme der große und schreckliche Tag des Herrn." (Mal 4,5)

Für die Juden - sollte es keinen Elias geben, dann gäbe es auch keinen Messias.

Deswegen sagte Jesus über Johannes: „Wahrlich ich sage euch: Unter allen die von Weibern geboren sind, ist nicht aufgekommen, der größer sei denn Johannes der Täufer; der aber der Kleinste ist im Himmelreich ist größer denn er." (Matthäus 11. 11). Johannes sollte der erste Jünger des Messias sein, der Gottes auserwähltes Volk mit seinem Sohn vereinigen würde, sodass das himmlische Königreich zum ersten Mal auf der Erde erscheinen würde. Alle vergangenen Propheten hatten vor langer Zeit den Messias verkündet. Johannes sollte direkt weissagen. Johannes versagte jedoch, seine Rolle in all dem zu verstehen, und dies war der Hauptgrund, warum Jesus vom jüdischen Volk abgewiesen wurde. Danach musste er den zweiten Kurs gehen, den der Kreuzigung und konnte nur geistige Erlösung bringen. Gottes Stammbaum konnte zu dieser Zeit nicht errichtet werden, und die physische Welt blieb auch weiterhin eine Welt von großem Leiden unter Satans Herrschaft.

Vom Kreuz zur Krone und in die Zukunft

Vergleichbare Prophezeiungen

Natürlich werden manche Jesaja Kapitel 53 zitieren und sagen, dass Christus kam, um zu sterben. Aber auf der anderen Seite gibt es Jesaja Kapitel 9. 11 und 60 wo das Kommen des Himmelreiches vorhergesagt wird. Und es gibt noch viel mehr Zitate durch die ganze Bibel, die weissagen, dass der Messias das Himmelreich auf Erden bringen wird und dass er den Weg des Leidens gehen wird. Wir müssen einen Schritt zurücktreten und das größere Bild betrachten. Was ist der Zweck der Schöpfung, und was ist damals falsch gegangen, und was ist wirklich die Bedeutung der Erlösung? Gott gab Freiheit und eigene Verantwortung; er prophezeite, dass sein Sohn kommen werde, aber ob er akzeptiert oder zurückgewiesen wird, liegt an den Leuten.

Gott wollte sein Königreich auf Erden vom Anbeginn der Schöpfung – dies war der ganze Zweck der Schöpfung. Aber der Fall hat stattgefunden. Die Bibel ist die Geschichte von Gottes Streben, sein ursprüngliches Ideal wiederherzustellen. Gott versprach, dass sein Königreich kommen werde. Christus kam, um das Königreich aufzubauen, und er predigte das Evangelium vom Himmlischen Königreich. Aber dann gibt es eben Freiheit und Verantwortung. Adam und Eva waren frei, Gottes Anweisung zu folgen und sein Königreich aufzubauen – oder auch nicht. Sie haben das letztere gewählt. Gott hat sich niemals in des Menschen

Teil der Verantwortung eingemischt. Er hat nur immer seine hundertprozentige Liebe, Führung und Erziehung an seine Kinder, die Menschheit, weitergegeben. In Jesaja sagte er das Himmlische Königreich voraus und was geschehen würde, wenn das ausgewählte Volk seinen Sohn nicht anerkennen würde.

Vom Kreuz zur Krone und in die Zukunft

Kapitel 2

Was ist die Rolle des Messias?

Um die Rolle des Messias und die Bedeutung der Erlösung zu verstehen, müssen wir zum originalen Zweck der Schöpfung zurückgehen. Erlösung ist nichts anderes als die Wiederherstellung dieses ursprünglichen Zweckes; und der Messias ist derjenige, der wiederherstellt. Mit diesem Gedanken lass uns denn genauer Gottes originalen Zweck der Schöpfung anschauen. Das Wort „Schöpfung" deutet bereits darauf hin, dass eine Intelligenz existierte, die das Erschaffen leitete oder tat. Im christlichen Glauben nennen wir diese Intelligenz Gott oder Himmlischer Vater. Andere Religionen haben andere Namen, aber nur die Christen sehen Gott als einen Gott mit einem väterlichen liebenden Herzen gegenüber seinem Kind an. Es ist dieses Herz des Vaters, das uns helfen kann, den Zweck der Schöpfung klarer zu verstehen. Derjenige, der etwas erschafft, sollte auch der sein, der es definiert, einschließlich aller Funktionen. Deshalb sollten wir die Natur des Schöpfers erst verstehen, um dann den Zweck der Schöpfung zu verstehen.

Die Natur des Schöpfers

Wir können Gott, den Schöpfer, klarer verstehen, wenn

wir die Schöpfung betrachten. Genau wie ein Kunstwerk die sichtbare Manifestation der unsichtbaren Natur des Künstlers ist, ist jedes Wesen und jeder Aspekt der Schöpfung eine substanzielle Manifestation der unsichtbaren Natur Gottes. Wir können Gottes Natur durch Seine Schöpfung wahrnehmen. Paulus drückte es so aus: "Denn seit der Erschaffung der Welt sind seine unsichtbaren Eigenschaften, seine ewige Kraft und göttliche Natur deutlich zu sehen, an seinen Werken (alle seine Schöpfung, die wunderbaren Dinge, die er gemacht hat), so dass sie ohne Entschuldigung und ohne Verteidigung sind." (Römer 1. 20).

Was sind dann die Attribute, die allen Dingen gemeinsam sind? Wir stellen fest, dass alle vorhandenen Wesen sowohl einen unsichtbaren inneren Charakter als auch eine sichtbare äußere Form haben. Die physikalisch-chemische Natur von Partikeln, Atomen und Molekülen ist ihr innerer Charakter, während die Materie und Struktur ihre äußere Form ist. In ähnlicher Weise haben Pflanzen einen inneren Charakter, der Leben ist und die Pflanze führt, in einer bestimmten Weise zu wachsen, sowie die Materialteile, die wir als die äußere Form sehen. Ein Kohlkopf wird nicht zufällig zu einer Narzisse. Dasselbe gilt für Tiere auf allen Ebenen. Wer von euch kann mir sagen, dass eure Katze oder euer Hund keine einzigartige Persönlichkeit hat? Und dann erscheinen wir Menschen mit unserem Geist und Körper.

Vom Kreuz zur Krone und in die Zukunft

Der Körper reflektiert und ähnelt dem Geist. Du kannst den Geist nicht sehen, aber du kannst den Körper sehen. Geist und Körper sind einfach die inneren und äußeren Aspekte derselben Person. Dies ist der Grund, warum wir Dinge über den Geist und das Schicksal eines Menschen wahrnehmen können, indem wir sein äußeres Aussehen untersuchen. Wahrsager und Handlinienleser haben daraus eine Kunst gemacht, aber ich denke, wir alle wissen, wie man die Stimmung einer Person liest, indem man sich den Gesichtsausdruck ansieht.

Da Gott der Schöpfer oder erste Ursache aller Schöpfung ist und alle Schöpfung zwei Eigenschaften von innerem Charakter und äußerer Form hat, muss Gott ebenfalls inneren Charakter und die äußere Form haben. Wir sagen, dass Gott das Subjekt des inneren Charakters und der äußeren Form ist und die Schöpfung der innere Charakter und die äußere Form des Objekts ist. Wir werden uns später mit dieser Subjekt-/Objektbeziehung befassen.

Wir stellen auch fest, dass es durch die Schöpfung eine wechselseitige Beziehung zwischen Positivität und Negativität gibt. (Hier verursacht die Sprache manchmal Verwirrung. Wir beziehen uns nicht auf Haltung, Gut und Böse, konstruktiv oder destruktiv, sondern auf die Yin/Yang-Denkweise oder auf elektrische Polarität). Zum Beispiel werden Atome aus der wechselseitigen Beziehung zwischen positiven und negativen Elementen gebildet. Atome selbst haben positive oder negative Eigenschaften und bilden Moleküle, basierend auf das Geben und Nehmen dieser Polarität. Pflanzen haben männliche und weibliche Elemente, durch die sie sich vermehren. Ebenso vermehren sich Tiere durch die Beziehung zwischen männlich und weiblich genauso wie die Menschheit. Aber mit dieser Beziehung neigt sich alles mehr in die eine oder andere Richtung. Keine Sache ist ein perfektes Gleichgewicht von Plus und Minus. Und obwohl es sowohl Plus- als auch Minus-Aspekte in allen Dingen gibt, gibt es immer einen Plus-oder Minus-Aspekt für jedes Lebewesen, der die Paarung-Beziehung von Geben und Nehmen ermöglicht. Das ist es, was Leben bringt.

Was ist dann die Quelle dieser doppelten Eigenschaften von Positivität und Negativität? Da die Schöpfung eine resultierende Einheit ist, müssen die Elemente, die alle gemeinsam haben, aus der ersten Ursache stammen – dem Schöpfer, Gott. 1. Mose 1. 27 sagt: "Und Gott schuf den Menschen zu seinem Bilde, zum Bilde Gottes schuf er ihn; und schuf sie als Mann und Weib." So können wir sehen, dass Gott diese dualen Eigenschaften hat.

Was ist der Zusammenhang zwischen den dualen Charakteristiken der inneren Natur und der äußeren

Form und den dualen Charakteristiken der Positivität und Negativität? In allen Wesen bestehen die dualen Eigenschaften von Positivität und Negativität oder männlichem und weiblichem Charakter als Attribute des inneren Charakters und der äußeren Form. Dies bedeutet, dass Geist und Körper die grundlegendsten Aspekte sind und Männlichkeit und Weiblichkeit zweitrangig sind.

Gott als erste Ursache ist das harmonisierte Wesen von innerem Charakter und äußerer Form und von Männlichkeit und Weiblichkeit. Aber wir sehen auch, dass die Bibel und vor allem Jesus sich grundsätzlich auf Gott als 'Er' und 'Himmlischer Vater' beziehen. Gott hat die Attribute des inneren Charakters und der äußeren Form und männlich und weiblich, ist aber in erster Linie unsichtbarer innerer Charakter und männlich. Er schuf das Universum als seine äußere Form und sein weibliches Gegenstück. Daher ist die Schöpfung essenziell.

Die Menschheit war der letzte Teil der Schöpfung und hat die höchste Funktion. Wir bestehen aus der Struktur, den Elementen und der wesentlichen Qualität aller bisherigen Schöpfung – wir sind aus dem Staub der Erde (1. Mose 2.7), also den gleichen chemischen Elementen, die im Grund zu finden sind, hergestellt. Unsere Lunge ähnelt den Blättern der Pflanzen, und die Stimmbänder des Menschen können die Geräusche aller Tiere replizieren. Auch die Struktur der Erde ähnelt dem menschlichen Körper. Die Erdkruste ist mit Pflanzen bedeckt, unterirdische Wasserwege existieren in den Substraten, und unter all dem liegt flüssige Lava, umgeben von Gestein. Im menschlichen Körper ist die Haut von Haaren bedeckt, Blutgefäße existieren in der Muskulatur, und noch tiefer liegt das Mark im Skelett. Dies ist der Grund, warum wir die Herren der Schöpfung werden können. Da sich die ganze Schöpfung in unserem Körper widerspiegelt, können wir die Schönheit all dessen, was wir sehen, wirklich schätzen.

Wie Gott zu Mose in 3. 14 sagte "... Ich bin, wer ich bin." Er existiert vor Zeit und Raum und überschreitet Zeit und Raum. Gott ist ein ewiges, selbst-existierendes und absolutes Wesen. Daher muss die grundlegende Kraft für sein Wesen auch ewig, selbst-existierend und absolut sein. Diese ursprüngliche Kraft wurde nicht geschaffen, sondern existiert einfach. Wir nennen sie die Universale Energie. Sie ist die grundlegende Kraft Gottes, des Schöpfers, und die grundlegende Kraft der ganzen Schöpfung – die Kraft, die Gott in alles hineingeben hat.

Existiert alles nur auf sich selbst bezogen? Nein. Obwohl jedes einzelne Wesen unabhängig von allen anderen ist, entspringt die ganze Schöpfung dem Ideal Gottes, der das Wesen harmonisierter dualer Eigenschaften ist. Daher lebt jedes geschaffene Wesen nicht unabhängig, sondern existiert durch wechselseitige Beziehungen.

Diese ideale wechselseitige Beziehung wird hergestellt, wenn Subjekt und Objekt eine gute gebende und empfangende Beziehung haben. Dieses gute Geben und Empfangen zwischen Subjekt und Objekt wird von der Universalen Energie initiiert und heißt Vorgang von Geben und Empfangen. Wenn die Subjekt- und Objekt-Aspekte innerhalb eines Wesens in eine Wechselbeziehung treten und den Vorgang des Gebens und Empfangens miteinander aufnehmen, entsteht alle Energie, die notwendig ist für die Existenz, Fortpflanzung und alle Aktionen.

Zum Beispiel, in einer Person erhält der Körper sein Leben durch das Geben und Empfangen der Arterien und Venen und durch Ein- und Ausatmen. Ein Individuum kann seinen Zweck der Existenz durch das Geben und Empfangen zwischen seinem Geist und Körper erreichen. Und Kinder werden durch das Geben und Empfangen zwischen Mann und Frau gezeugt. Materielle Dinge entstehen und erhalten ihre Existenz, wenn das Subjekt und die Objektelemente in ihnen harmonische Bewegung und physikalisch-chemische Reaktionen durch Geben und Empfangen erzeugen. Und wir finden, dass sogar das Universum durch das Geben und Handeln zwischen den Sonnen und ihren Planeten in ihren Orbitalbewegungen existiert.

Ich denke, dass wir jetzt tief genug in dieses Thema eingegangen sind, aber wenn ihr mehr dazu erfahren wollt, dann schaut euch bitte die Göttlichen Prinzipien von Rev. Sun Myung Moon an. Ich wollte euch nur helfen, die Natur Gottes, des Schöpfers, zu verstehen, wie er sich in seiner Schöpfung widerspiegelt, besonders in der Menschheit, seinen Kindern. Ich möchte nun als nächstes zum Zweck der Schöpfung hinweisen.

Der Zweck der Schöpfung

Jedes Wesen hat seinen eigenen Zweck der Existenz. Wenn ein geschaffenes Ding seinen Zweck der Existenz verliert, versuchen Sie es wiederherzustellen. Wenn Ihr Auto kaputt geht, versuchen Sie es zu reparieren. Wenn es nicht repariert werden kann, werden Sie es los. Wenn der Zweck der Erhaltung so wichtig ist, was ist dann der Zweck der Existenz des Menschen?

Der Zweck der Existenz wird nicht durch das geschaffene Wesen bestimmt; der wahre Zweck wird von seinem Schöpfer bestimmt. Wir müssen also Gottes Motivation kennenlernen, damit wir die wahre Bedeutung für die Menschheit und den Kosmos verstehen. Warum begann Gott, der allmächtig und absolut ist, zu erschaffen?

Der wichtigste Aspekt Gottes ist das Herz. Herz ist der

Impuls, ein Objekt zu lieben und ist das Fundament und Motivator der Liebe. Es liegt in der Natur des Herzens, ein Objekt der Liebe zu suchen. Diese Natur des Herzens ist Gottes Motiv, die Schöpfung zu gestalten. Er kann Freude empfinden, wenn er ein Objekt lieben kann, das er geschaffen hat. Wenn es kein Objekt gibt, kann Gott seinen grenzenlosen Impuls von Fürsorge und Liebe nicht ausdrücken und nicht befriedigen. Gott hat die Schöpfung als das Objekt erschaffen, das er lieben kann.

Wir sehen im ersten Buch Mose, dass Gott nach jeder Phase der Schöpfung gesagt hat, es sei gut. Gott wollte, dass seine Schöpfungen für ihn Objekte des Guten und des Glücks sind. Mit anderen Worten, er wollte die Freude der Liebe erfahren.

Freude wird durch die Stimulation eines Subjekts empfunden, wenn dessen eigene Natur in einem Objekt reflektiert wird, ob dieses Objekt sichtbar oder unsichtbar ist. Zum Beispiel kann ein Künstler Freude empfinden, wenn er sich ein Kunstwerk in seiner Fantasie vorstellt. Aber die Freude ist so viel größer, wenn man es tatsächlich verwirklicht. Die Freude nimmt zu, wenn das Objekt der Liebe die Liebe zurückgeben kann. Man kann Freude von einem schönen Kunstwerk oder einem wunderbaren Sonnenuntergang empfinden durch dessen eigene Schönheit. Man kann sogar noch mehr Freude durch ein Haustier, wie einen Hund oder eine Katze, erlangen, weil das Tier aktiv die Liebe erwidern wird. Aber die größte Freude kommt von der Liebe zu einer anderen Person. Eine Person, ob es ein Ehepartner, ein Kind, ein Elternteil oder Freund ist, ist auf derselben Ebene, und die Liebe, die ausgegeben und zurückerhalten wird, ist von der gleichen Stärke und Qualität.

Gott schuf die Menschheit nach seinem eigenen Bild, um diese unermessliche Freude der völlig bedingungslosen Liebe entstehen zu lassen, sodass er ein Objekt auf seiner eigenen Ebene hätte. Hier kehren wir zu dem Namen zurück, der im jüdisch-christlichen Erbe am häufigsten für Gott verwendet wird – Himmlischer Vater. Der Zweck der Existenz der Menschheit ist, das Objekt der Liebe Gottes zu sein und diese Liebe als seine Kinder zurückzugeben. Gibt es eine größere Kraft im Universum als die der Liebe? Sie übertrifft sogar das Leben. Die Menschheit soll als die Kinder Gottes durch die Kraft der wahren Liebe die Herrschaft über die Schöpfung übernehmen und mit Gott, dem Ursprung der Liebe, zum Mitschöpfer werden. Welche große Freude bringt es einem Vater, wenn er etwas gemeinsam mit seinem Kind aufbaut.

In gleicher Weise ist die Menschheit, die Hand in Hand mit Gott arbeitet, um das Himmelreich auf Erden zu errichten, Gottes ursprüngliches Ideal, und er hat diesen Traum nie aufgegeben. Es war sein Plan von Anfang an, es war sein Wunsch zur Zeit Jesu, und er möchte dies immer noch verwirklichen!

Dieser Wunsch wird im ersten Kapitel Moses mit den drei Segnungen zum Ausdruck gebracht: "Und Gott segnete sie und sprach zu ihnen: Seid fruchtbar, vermehret euch und füllt die Erde und macht sie euch untertan..." (1. Mose 1. 28). "Fruchtbar" zu sein ist Reife erlangen; "vermehren" bedeutet Familien bilden und Kinder haben, die die Erde mit Gottes Blutlinie füllen; und "untertan machen" ist die Herrschaft über die Schöpfung als Gottes Kinder und als Mitschöpfer.

Nach der individuellen Reife ist der Aufbau von Gott zentrierten Familien ein entscheidendes Element bei der Übernahme von Herrschaft. Die Familie ist der Baustein der Gesellschaft und auch der Trainingsplatz für das Herz. In der Gott zentrierten Familie wird wahre Liebe gelernt und an künftige Generationen weitergegeben. Hätten Adam und Eva der Weisung Gottes gefolgt, wären sie die Wahren Eltern der ganzen Menschheit geworden, wobei Adam Gottes physischen Leib repräsentierte und Eva Gottes Frau wurde. So wären die drei Segnungen erfüllt worden und Gottes Stammbaum (die Menschheit) ermöglicht worden, der das Universum erfüllt und beherrscht hätte.

Was ist falsch gelaufen?

Wenn wir uns umschauen und bemerken, was in der

Welt vor sich geht, ist es sehr offensichtlich, dass wir nicht in einer idealen Welt leben. Gottes Reich hat sich definitiv nicht manifestiert, auch nicht mit all den wunderbaren Dingen, die wir miterschaffen können. In der Tat, wir sehen, dass vieles Unvorstellbares geschieht. Dies geschieht nicht durch die Natur, sondern wird von der Menschheit verübt. Sicher, es gibt Naturkatastrophen, aber für die überwiegende Mehrheit des Bösen ist der Mensch verantwortlich.

Das wahrscheinlich größte Verbrechen gegen die Menschheit ist Demozide, wo 200 bis 300 Millionen Menschen allein im letzten Jahrhundert von ihren eigenen Regierungen getötet wurden (eine konservative Schätzung). Am anderen Ende des Spektrums sind der Egoismus, die Selbstzentriertheit und kleinliches Gezänk, das wir alle um uns herum täglich erleben. Es gibt noch viele weitere Beispiele für die Unmenschlichkeit des Menschen, aber ich ziehe es vor, nicht darauf zu verweilen, und ich denke, wir alle wissen, wovon ich spreche. Wir leben offensichtlich nicht in einer idealen Welt, selbst nach dem Sieg von Jesus am Kreuz.

Die Menschheit, die ursprünglich geschaffen wurde, um das Abbild Gottes zu sein, scheint ein anderes Bild widerzuspiegeln, eines, das zu immensem Bösen fähig ist. Die Menschheit ist eindeutig von einer Persönlichkeitsstörung betroffen. Paulus spricht über dies ausführlich in Römer, Kapitel 7 und speziell in Vers 22 bis 25: "Denn ich habe Lust an Gottes Gesetz nach dem inwendigen Menschen, aber ich sehe ein anderes Gesetz in meinen Gliedern, das da widerstreitet dem Gesetz in meinem Gemüte und nimmt mich gefangen in der Sünde Gesetz, welches ist in meinen Gliedern. Ich elender Mensch! Wer wird mich erlösen von dem Leibe des Todes? Ich danke Gott durch Jesus Christus, unseren Herrn! So diene ich nun mit dem Gemüte dem Gesetz Gottes, aber mit dem Fleisch dem Gesetz der Sünde. " Es gibt keinen unter uns, der diesen internen Konflikt nicht erlebt hat! Und dieser innerliche und persönliche Konflikt wird auf der Weltbühne und auf allen Ebenen dazwischen reflektiert und verstärkt.

Kapitel drei des 1. Mose erzählt uns die Geschichte von der Schlange, die Eva dazu verleitete, von der Frucht zu essen, durch die Lüge, dass sie nicht sterben würde, sondern dass ihre Augen geöffnet würden, und sie wäre wie Gott. Eva fiel darauf herein und vervielfachte diese Lüge zusammen mit Adam, der auch Gottes Gebot missachtete. So wurde es ihnen bewusst, dass sie nackt waren, und sie bedeckten sich und versteckten sich vor Gott.
Wie sind Gottes Kinder in einen solchen Konflikt geraten? Lasst uns wieder zum   Anfang der Genesis (Moses) und der Geschichte von Adam, Eva und der Schlange gehen.

In 1. Mose 2. 16-17 gibt Gott Adam das Gebot: "Und Gott der Herr gebot dem Menschen und sprach: Du darfst essen von allen Bäumen im Garten, aber von dem Baum der Erkenntnis des Guten und Bösen sollst du nicht essen; denn an dem Tage, da du von ihm isst, musst du des Todes sterben."

Für diese Tat wurden sie aus dem Garten Eden verworfen und der Zugang zum Baum des Lebens versperrt.

Das Göttliche Prinzip untersucht und enthüllt, dass die Schlange tatsächlich Luzifer ist, ein Erzengel und Satan. Der Verzehr der Frucht war in der Tat ein sexueller Akt. Wir nennen dies den Fall des Menschen und den Ursprung der Sünde. Adam und Eva, die als Kinder Gottes erschaffen wurden und dazu bestimmt waren, eine Gott zentrierte Familie zu bilden und Gottes Blutlinie auf der ganzen Erde zu multiplizieren, hatten nun eine Familie gebildet, die sich auf Satan konzentrierte. Satans Blutlinie, nicht Gottes, vervielfachte sich nun über die ganze Welt. Jesus sagte zu den Juden, die ihn bezweifelten: "Ihr habt den Teufel zum Vater, und nach eures Vaters Gelüste wollt ihr tun. Der ist ein Mörder von Anfang und steht nicht in der Wahrheit; denn die Wahrheit ist nicht in ihm. Wenn er die Lüge redet, so redet er von seinem Eigenen; denn er ist ein Lügner und der Vater der Lüge." (Johannes 8. 44)

Dies ist der Ursprung der Persönlichkeitsstörung, unter der die Menschheit leidet. Die Menschheit hat sowohl das Gute (das ursprünglich von Gott geschaffen wurde) als auch das Böse (aus Satans Abstammung, das durch den Fall in uns eingeflossen ist) in sich. Wie Paulus sagte, wir kämpfen ständig in uns selbst, um den Willen Gottes zu tun, aber die Versuchung ist immer das Böse zu tun.

Hat Gott einfach aufgegeben?

Nein!

Er setzte sofort Schritte für die Wiederherstellung (oder Erlösung) in Adams Familie durch Kain und Abel in Bewegung.

Der Fall erfolgte in zwei Teilen. Zuerst fiel Eva mit dem Erzengel Luzifer. Luzifer bedeutet Tagesstern, Sohn der Morgendämmerung. Die Engel waren nur geistige Wesen und waren als Helfer Gottes erschaffen worden. Luzifer war ein Erzengel, und als solcher bestand seine Aufgabe darin, Adam und Eva zu dienen, sie zu beschützen und zu erziehen. Adam und Eva waren als Gottes Kinder erschaffen, als Wesen, die sowohl einen Geist als auch einen Körper besitzen. Der erste Teil des Falls, Luzifers sexuelle Beziehung zu Eva, war ein geistiger Fall.

Der zweite Teil des Falles war der physische Fall, der zwischen Eva und Adam geschah. Adam und Eva sollten nicht vom Baum der Erkenntnis von Gut und Böse essen (sexuelle Beziehungen haben), bis sie Reife erreicht hatten. An diesem Punkt wären sie in die Ehe gesegnet worden, die auf Gott ausgerichtet war, und hätten die Erde mit Gottes Stammbaum gefüllt. Sie erlagen Luzifers Versuchung und hatten sexuelle Beziehungen, während sie noch unreif waren und zentrierten sich um Satan.

Der geistige Fall war am weitesten weg von Gottes Prinzip, da seine Kinder niemals sexuelle Beziehungen außerhalb von Gottes Willen haben sollten. Der physische Fall war weniger prinzipienlos, da Eva schließlich doch Adams Frau werden sollte. Beide Taten waren falsch, aber die eine war schlimmer als die andere.

Obwohl Adam derjenige gewesen war, der seine Beziehung zu Gott wiederherstellen sollte, befand er sich nun aufgrund des Falles in einer Mittelposition, er hatte zwei Herren – Gott und Satan. Jedes Opfer, das er machte, konnte von beiden angenommen werden. Das war für Gott inakzeptabel und so "teilte" er Adam mit seinen beiden Söhnen – Kain und Abel – in zwei Teile. Kain, der Älteste, repräsentierte den ersten Teil des Falls, in dem Eva mit Satan fiel. Abel, der zweite Sohn, repräsentierte den zweiten Teil des Falles, in dem Eva mit Adam fiel. Abel war relativ näher zu Gott und Kain war relativ näher zu Satan.

Gott nahm Abels Opfer an und lehnte das Opfer von Kain ab. Dies erzürnte Kain, aber Gott sagte zu ihm: "Warum ergrimmst du? Ist's nicht also? Wenn du fromm bist, so kannst du frei den Blick erheben. Bist du aber nicht fromm, so lauert die Sünde vor der Tür, und nach dir hat sie Verlangen; du aber herrsche über sie." (1. Mose 4.7) Es war Gottes Wille, dass Kain sich seinem jüngeren Bruder gegenüber demütigte und sein Opfer durch Abel machte, indem er seine satanische Natur überwand. Hätte Kain sich mit Abel vereinigt, wäre dort in Adams Familie ein Fundament für die Beseitigung der gefallenen Nature gelegt worden; dadurch hätte der Messias kommen können, und diese Familie wäre zu Gott zurückgebracht worden.
Leider tötete Kain Abel und Gottes Vorsehung musste verlängert werden.

Als nächstes kam Noahs Familie. Obwohl Noahs Opfer die Arche zu bauen erfolgreich war, scheiterte sein Sohn Ham und die Verlängerung von Gottes Vorsehung wurde zu Abraham fortgesetzt.

Abraham war der Glaubensvater und war siegreich, selbst nach einem teilweisen Versagen seines Opfers. Durch ihn wurde die Vorsehung über drei Generationen – Abraham, Isaak und Jakob – erweitert. Jakob und Esau, in den Rollen von Abel bzw. Kain, waren schließlich erfolgreich in ihrer Einheit als Abel und Kain. Jakobs Erfolg in der Überwindung von Esaus Absicht, ihn zu töten, wurde sowohl die Grundlage für das Kommen des Messias als auch das Muster für die zukünftige Wiederherstellung.

Wenn wir uns die Geschichten und Zeitrahmen im Alten Testament ansehen, beginnt ein Muster Gestalt anzunehmen.

Die Grundlage für den Messias wird auf höheren und höheren Ebenen gelegt, bis zum Kommen Jesu. Erstaunlicherweise wiederholte sich das gleiche Muster in den 2000 Jahren seit der Vorbereitung auf das zweite Kommen.

Ich habe euch in ein oder zwei Seiten einen kleinen Einblick in Gottes Vorsehung der Wiederherstellung gegeben. Die Exposition des Göttlichen Prinzips behandelt dies sehr tief und ich empfehle, dass ihr euch die Zeit nehmt, dies zu studieren.

Schlussfolgerung

Basierend auf diesem Verständnisses des Zweckes der Schöpfung können wir sagen, dass der Zweck der Wiederherstellung oder Erlösung tatsächlich darin besteht, Gottes Reich auf der Erde aufzubauen, wie Jesus immer wieder sagte. Mit anderen Worten, Gottes reiner Stammbaum sollte auf die Erde gebracht werden. Jesus kam nicht, um zu sterben, sondern um eine Braut zu nehmen und eine Familie zu gründen, die die Rolle von Adam und Eva wiederherstellte. Von da an hätte er die gefallene Menschheit in diese Linie eingraviert, und das Himmelreich auf Erden wäre zur physischen Realität geworden.

Da das vorbereitete Volk versagte, "an den zu glauben, den er gesandt hat", musste Jesus den alternativen Pfad des Kreuzes gehen und die geistige Erlösung bringen, wodurch die göttliche Fügung verlängert wurde. Aber er versprach uns, dass er zurückkehren würde, und in Offenbarung 3. 12 sagt er uns, dass er einen neuen Namen haben wird.

Kapitel 3

Das zweite Kommen Christi

Die Zeit ist jetzt!

Die Rolle des zweiten Kommens Jesu ist die gleiche wie für sein erstes Kommen. Adam und Eva haben in ihrer Verantwortung versagt, sich mit Gottes Willen zu vereinen, und der Fall geschah. Jesus kam als zweiter Adam und sollte eine Braut nehmen, um Evas Position wiederherzustellen. Obwohl Jesus selbst siegreich war, scheiterten andere um ihn herum, und er musste den Weg des Kreuzes gehen, bevor er heiraten konnte. Hätte Jesus seine Mission als Messias vollendet, wäre das Himmelreich auf Erden zu seiner Zeit errichtet worden. Alles war jedoch nicht verloren, und zusammen mit dem Heiligen Geist brachte er geistige Wiedergeburt und öffnete die Tore zum Paradies. Der Herr der Zweiten Wiederkunft kommt als dritter Adam und wird eine Braut nehmen, die von Satans Seite wiederhergestellt wird. Gottes Samen wird auf der Erde gesät werden, und Gottes Blutlinie wird zum ersten Mal eine physische Realität sein! Als Ausgangspunkt für Gottes Reich wird eine wahre Familie gebildet – das Himmlische Königreich auf Erden wird entstehen.

Als Jesus erkannte, dass er aufgrund des Versagens

Johannes des Täufers und des Unglaubens der jüdischen Führer den Weg des Kreuzes gehen musste, versprach er, dass er zurückkehren würde, um die Mission zu vollenden (Matthäus 16. 27-28).

Gott hat verheißen, dass sein Reich kommen wird. Jesus lehrte uns, für das Kommen zu beten (Matthäus 6. 9-10). Jesus wird zurückkehren und es errichten! Das Königreich ist kein Luftschloss hoch in den Wolken, sondern ein bodenständiges Element, das wir mit aufgerollten Ärmeln aufbauen können. Jesus wird der Hauptarchitekt und Bauunternehmer sein. Wir, der Überrest, werden es nach seinen Plänen gestalten. Dies ist der Grund, warum wir dieses Buch schreiben.

Viele Christen äußern eigene Vorstellungen über die Wiederkehr Christi und glauben, dass er auf den Wolken herunter schweben wird, während die Toten aus der Erde heraufsteigen werden. Monsters wie aus Comics werden kämpfen und nur die Christen werden entrückt werden. Dies liegt daran, dass Jesus in Gleichnissen zu seinen Jüngern gesprochen hat. Das Buch der Offenbarung ist besonders symbolisch und schwer zu verstehen. Jesus sagte uns dennoch, dass die Zeit kommen würde, in der er klar über den Vater sprechen würde (Johannes 16. 25). Wir haben bereits darüber diskutiert, dass das neue Reich wie der ursprüngliche Plan sein muss, den Gott im Garten Eden hatte. Genau wie am Anfang hat Gott sich verpflichtet, die drei Segnungen zu erfüllen, einschließlich absoluter Freiheit und Verantwortung.

Er arbeitet auch innerhalb der wissenschaftlichen Gesetze der Schöpfung, die er selbst geschaffen hat. Immer mehr Wissenschaftler neigen zu der Idee, dass das Universum so unglaublich kompliziert ist, dass es eine Intelligenz dahinter geben muss, einen Designer. Von der mikrokosmischen Ebene bis zur makrokosmischen Ebene funktioniert alles mit großer

Präzision und Balance. Wenn dies auf der sichtbaren äußeren Ebene der Fall ist, dann muss es auf der unsichtbaren internen Ebene genauso sein, wobei die beiden mit der gleichen Präzision zusammenarbeiten.

Gott hat die Schöpfung in einer Reihe geordneter Schritte (die sechs Tage im ersten Kapitel von Mose) gemacht, die in der Erschaffung der Menschheit gipfelten, gemäß seinem Vorbild (Gen 1. 27). Um wirklich seinem Bild zu gleichen, muss die Menschheit frei sein, die eigene Verantwortung aufzunehmen. Erlösung bedeutet, wieder zum ursprünglichen Ideal der Menschheit zurückgebracht zu werden, fruchtbar zu werden oder Reife zu erlangen (vollkommen zu werden, wie unser himmlischer Vater vollkommen ist (Matthäus 5. 48); Vermehrung (Verbreitung der Blutlinie Gottes im ganzen Universum) und Herrschaft über die Schöpfung als Söhne und Töchter des Schöpfers übernehmen. Dies sind die drei Segnungen, die Gott Adam und Eva gegeben hat, nachdem er sie erschaffen hatte (1. Mose 1. 28), und es war gleichzeitig Gottes ursprünglicher Plan für seine Kinder. Deshalb ist es die Mission Christi, des Messias, des auserwählten Sohnes Gottes, dieses Ideal wiederherzustellen, um der ganzen Menschheit Erlösung zu bringen.

Seine Hauptmission ist es, den Fehler Adams wiederherzustellen. Adam entschied sich, nicht an Gottes Wort zu glauben und ihm zu gehorchen, und brachte dadurch der Menschheit den geistigen Tod. Um das wiederherzustellen, muss Christus an Gottes Wort glauben und ihm folgen, selbst auf Kosten seines eigenen Lebens. Nachdem ihm dies gelungen ist, muss er Eva wiederherstellen und sie aus Satans Reich zu Gottes Reich bringen. Gottes Samen kann dann gesät und eine Familie geschaffen werden. Gottes Stammbaum lebt dann auf der Erde.

Satans Stammbaum kann nicht einfach physisch von der Erde entfernt werden und durch die Wahren Eltern (die ursprüngliche Rolle für Adam und Eva) wiedergeboren werden. So muss ein Verbindungsprozess geschaffen werden, bei dem wir trotz der gefallenen Blutlinie wieder mit Gottes Blutlinie verbunden werden können. Wir, die gefallene Menschheit, müssen dies durch unsere eigene freie Entscheidung tun. Adam und Eva haben entschieden, Gott zu betrügen, indem sie an das

Vom Kreuz zur Krone und in die Zukunft

Wort Luzifers, des Vaters der Lügen, glaubten. Wir müssen die Wahl treffen, die Lügen Luzifers zurückzuweisen und an das Wort Gottes zu glauben. Deshalb wird der wiederkehrende Christus eine sehr kontroverse Figur sein, und Satan wird sein ganzes Arsenal von Lügen mit allen ihm zur Verfügung stehenden Mitteln (z.B. Medien, religiöse Führer) den Menschen entgegenwerfen, so wie er es zu Jesu Zeiten getan hat. Paulus warnt im 2. Thessalonicher davor und ermahnt die Gläubigen, stark und treu zu bleiben, um nicht getäuscht zu werden.

Petrus drückt es noch deutlicher aus: "Es wird aber des Herrn Tag kommen wie ein Dieb; dann werden die Himmel zergehen mit großem Krachen; die Elemente aber werden vor Hitze schmelzen, und die Erde und die Werke, die darauf sind werden verbrennen. (Zwei frühe Manuskripte haben "entdeckt" statt "verbrannt". Es ist möglich, dass Petrus so etwas meint wie "entdeckt für das, was sie wirklich sind – temporäre Kreationen"). So nun, das alles soll zergehen, wie sollt ihr denn geschickt sein mit heiligem Wandel (in der Zwischenzeit) und in gottseligem Wesen (d.h. in einem Vorbild des täglichen Lebens, das euch als Gläubiger auszeichnet) und in der Göttlichkeit (die tiefe Ehrfurcht vor unserem Gott zeigt), dass ihr wartet und eilet in der Zukunft des Tages des Herrn, an welchem die Himmel von Feuer zergehen und die (materiellen) Elemente vor Hitze zerschmelzen werden! Wir aber warten eines neuen Himmels und einer neuen Erde nach seiner Verheißung, in welchen Gerechtigkeit wohnt. Darum, meine Lieben, dieweil ihr darauf warten sollt, so tut Fleiß, dass ihr von ihm unbefleckt und unsträflich im Frieden erfunden werdet." 2. Petrus 3. 10-14

In Matthäus 22 warnt Jesus die Gläubigen, dass die angeblich Gläubigen die Ehe des Lammes verpassen könnten und die einfachen Alltagsmenschen am Fest teilhaben werden. Wir müssen bereit sein, demütig das Wort Gottes zu hören, es anzunehmen, zu glauben und danach handeln, anstatt hartnäckig an unseren eigenen religiösen Perspektiven festzuhalten. Gott kann unser Herz öffnen oder verhärten, basierend auf unserem aufrichtigen und Gebet erfüllten Suchen, Bitten und Anklopfen - und auch auf unsere Bereitschaft, die Antwort zu hören, ob es das ist, was wir erwarten und wollen oder nicht. Der ultimative Lackmustest wird uns von Jesus gegeben: "Durch ihre Früchte werdet ihr sie erkennen." Dies war schon immer mein persönlicher Maßstab, nach dem ich beurteile, ob etwas oder irgendeine Inspiration von Gott oder vom anderen stammt. Was sind die Früchte – die Ergebnisse?

Ich wuchs in einer traditionellen christlichen Kirche auf, ging in die Sonntagsschule, den kirchlichen Jugendclub, sang im Chor und war vollkommen glücklich, bis ich die späten Teenagejahre erreichte. Ich sah mich um und dachte, "Wenn die Menschen wirklich an das glaubten, was Jesus lehrte, würden sie es leben und wir würden eine schöne glückliche Welt haben. Diese Welt ist definitiv nicht so - also fehlt etwas." Ich war jung und wurf das Baby mit dem Badewasser raus und begann zu suchen. Auf diesem Kurs ging ich auf jeden Fall einige falsche Wege und nahm einige schiefe Kurven, aber der eine Satz, der immer wieder zu mir kam, war "durch ihre Früchte, wirst du sie erkennen". Ich schaute mich um und sah, dass die Menschen hier und dort nicht anders waren, genauso wie mit dieser Meditation oder jener Mantra. Ich habe am meisten gelernt, wenn ich Distanz zu einer religiösen Lehre und selbst zu meinem eigenen Heim hatte.

Eines Tages, als ich mit einer berühmten Rock'n'Roll-Band durch Europa tourte (das Äquivalent zum Weglaufen mit dem Zirkus), fühlte ich mich nach New York City berufen. Dieses Gefühl wurde immer stärker, so dass ich, sobald die Tour in Italien endete, in ein Flugzeug nach New York stieg. Als ich auf der 5. Avenue an der Bibliothek vorbei ging, traf ich jemanden, der mich fragte, ob ich an Gott glaube und mich dann zu einem Wochenendseminar einlud. Ich stimmte zu und wurde an diesem Wochenende mit dem Göttlichen Prinzip bekannt gemacht. Es hat mein Leben verändert. Alle Zweifel und Fragen, die ich über Jesus und das Christentum und den Zweck des Lebens hatte, wurden beantwortet. Aber vor allem sah ich die Früchte der Lehre in den Menschen, die an dieser Gruppe beteiligt waren. Menschen aller Rassen waren dabei. Die Liebe war da. Barrieren wurden abgebaut. Das war der Ort, wo ich sein wollte!

In den vielen Jahren, die seit diesem besonderen Wochenende im Jahr 1976 vergangen sind, habe ich meinen Anteil an Kämpfen und Herausforderungen gehabt und so viele Lügen und Unwahrheiten erlebt, die auf den Gründer dieser Organisation und den Autor des Göttlichen Prinzips geworfen wurden. Gott hat mich gedrängt, mich selbst und meine Mitmenschen ständig zu hinterfragen und herauszufordern, und ich habe die Früchte dessen gesehen und kann das bezeugen. Ich habe das Gefühl, dass ich Peter und Jakobus und Johannes durch meine Bibelstudien persönlich kennenlernte und wie sie als einfache Fischer fühlte, als sie Jesus auf den staubigen Straßen Judäas nachfolgten.

Und wie damals ist es auch jetzt so: Das Verlangen, es von den Dächern zu rufen und allen Leuten zu sagen, dass DER HERR GEKOMMEN IST! Christus ist zurückgekehrt! Er wurde geboren, wuchs auf und lernte die Geheimnisse des Universums. Er hat Satan besiegt und eine Braut genommen. Gottes Blutlinie ist endlich auf der Erde! Der Same des Himmelreichs auf Erden wurde gesät und keimt nun, um bald in seiner ganzen Herrlichkeit zu erscheinen! Halleluja und Amen

Vom Kreuz zur Krone und in die Zukunft

Kapitel 4

Der zurückkehrende Herr

Reverend Sun Myung Moon wurde am 6. Januar 1920 in eine Bauernfamilie geboren, die das Land jahrhundertelang im heutigen Nordkorea bebaut hatte. Als Junge studierte er an einer konfuzianischen Schule und war ein scharfer Beobachter der Natur. Um 1930 wurden seine Eltern glühende Christen – Presbyterianer – und der junge Sun Myung Moon wurde Sonntagsschullehrer.

Zu dieser Zeit regierte Japan Korea und versuchte, allen Koreanern die Ausübung der Shinto-Religion aufzuzwingen. Die religiöse Intoleranz des japanischen Regimes war eine Facette der Verachtung, die sie für die Koreaner hegten, ein Volk, das sie für minderwertig hielten. Das koreanische Volk wurde vierzig Jahre lang als Teil der groß-asiatischen Ko-Wohlstandssphäre Japans gedemütigt und grausam unterdrückt. Während Sun Myung Moon in seinem eigenen Land aufwuchs, erfuhr er früh den Schmerz der Ungerechtigkeit durch die japanischen Herrscher.

Der junge Moon wurde sich des menschlichen Leidens und des Versagens der Menschheit, eine liebevolle und gerechte Welt zu erschaffen, sehr bewusst. Er versuchte zu verstehen, warum Menschen leiden und wie Leiden beendet werden kann. Durch die Teilnahme am Gottesdienst wusste er, dass Religion den fundamentalen menschlichen Zustand adressiert und denjenigen eine ideale Welt verspricht, die Gott gehorchen; aber er sah, dass etablierte Religionen, obwohl jahrhundertealt und auf heiligen Schriften und Offenbarungen beruhend, in der Praxis nicht in der Lage waren, viele Fragen des Lebens zu beantworten oder die tiefsten Probleme zu lösen, vor denen die Menschheit steht. Beunruhigt durch die immense Kluft zwischen religiösen Idealen und dem tatsächlichen Zustand der Welt, begann er sein eigenes intensives Streben nach Lösungen durch Gebetsleben und Studium.

Am frühen Ostermorgen im Jahr 1935 erschien Jesus dem jungen Sun Myung Moon, als er in den koreanischen Bergen unter Tränen betete. In dieser Vision bat Jesus ihn, das Werk fortzusetzen, das er vor 2000 Jahren auf Erden begonnen hatte. Jesus Anliegen war es, die Aufgabe zu erfüllen, Gottes Reich auf Erden zu errichten und der Menschheit Frieden zu bringen.

Der junge Koreaner war fassungslos über diese Begegnung, vor allem von der Anfrage, die an ihn gestellt worden war, und lehnte zunächst ab. Nach tiefer Reflexion, Meditation und Gebet versprach er jedoch, die überwältigende Mission zu übernehmen.

Nachdem er den ungewöhnlichen Ruf Jesu persönlich angenommen hatte, machte sich der junge Moon auf, dessen Bedeutung zu entdecken. Jesus hatte ihn gerufen, seine Mission zu erfüllen; bedeutete dies, dass die Mission Jesu unvollständig war? War nicht die Errettung durch das Kreuz alles, was die Menschheit brauchte? Was hat Jesus auf Erden zurückgelassen? Wenn die Sünde nicht vollständig durch die Kreuzigung gelöst wird, was ist dann notwendig, um dies zu tun, und was ist die eigentliche Wurzel der Sünde?

Sun Myung Moon studierte unaufhörlich die Bibel und andere religiöse Lehren, um diese Geheimnisse des Lebens und der Menschheitsgeschichte zu lüften. Während dieser Zeit ging er in tiefe Gemeinschaft mit Gott und betrat das riesige Schlachtfeld des Geistes und des Fleisches. Indem er seine persönlichen Verlangen verleugnete, überwand er die Versuchungen des Wissens, des Reichtums und der körperlichen Lust. Er erkannte Gottes eigenes Leiden und seine Sehnsucht, mit seinen Kindern wieder vereint zu sein. Er erkannte die schwierigen Schritte, die die Menschheit unternehmen müsste, um zu Gott zurückzukehren und wahren Frieden auf Erden zu errichten. Nachdem er seine Berufung von Gott erhalten hatte, wusste er, dass er seine Aufgabe ohne ein tiefes Verständnis des Schöpfers und seiner Schöpfung nicht erfüllen konnte. Er intensivierte seine Suche nach der Wahrheit, verbrachte Tag und Nacht in leidenschaftlichem Gebet, strengem Fasten und Studium. Seine Methode bestand darin, spezifische Fragen zu stellen, Antworten in der physischen und geistigen Welt zu erforschen und dann durch das Gebet die Bestätigung für diese Antworten zu suchen. Bei mehreren Gelegenheiten wurde er direkt von Abraham, Moses, Jesus, Mohammed, Buddha und anderen Heiligen und Weisen aller Glaubensrichtungen geführt, die ihm im Geist begegneten und zu seinem Verständnis von Gott und der komplexen Geschichte der Beziehung Gottes zur Menschheit beitrugen. Im Alter von 25 Jahren entwickelte er die Grundlagen des Göttlichen Prinzips.

Reverend Moon beschrieb diese Zeit in seinen eigenen Worten: *"Was muss jemand tun, um der Herr der Wiederkunft zu werden?" Ihr müsst in die geistige Welt gehen, die Grundsätze über die Beziehungen aller Religionen, die sich auf Jesus konzentrieren, enthüllen, alles über Himmel und Erde und ihre Gesetze klären und die Zustimmung der geistigen Welt empfangen. Dann müsst ihr all dies auf Erden verkünden. Nicht einmal in der geistigen Welt war das bekannt. Nur Gott und Satan wussten davon. Nachdem ich all diese Dinge in der geistigen Welt verkündet hatte, entstand dort starker Widerstand. So geschah es, dass in dieser Welt vierzig Tage lang Chaos herrschte. Satan widersetzte sich, indem er die Bedingung legte, Gott zu verleugnen. Infolgedessen war die geistige Welt in zwei Hälften geteilt, mit einer Hälfte gegen mich. Am Ende musste diese chaotische Situation auf der Grundlage dessen gelöst werden, was Gott*

Vom Kreuz zur Krone und in die Zukunft

für wahr entschied. Deshalb bringen die Wahren Eltern die geistige Welt in vollständige Unterwerfung, empfangen Gottes Gütesiegel und kommen auf die Erde herunter." 9. November 1992. Cheon Seong Gyeong, S. 944.

Wir werden im nächsten Buch mehr in das Leben von Rev. Moon eingehen, aber diese kurze Zusammenfassung seiner frühen Tage erklärt, warum wir ihn für den Herrn der Wiederkunft halten.

Satan versteckte Gottes ursprünglichen Zweck der Schöpfung und sein eigenes Verbrechen so gut, indem er diesen ursprünglichen Zweck zerstörte, und alles dies nur für seine eigene egoistische Verherrlichung. Satan hatte so viel Leiden gebracht, besonders für Gott, der zusehen musste, wie seine Kinder zur Hölle gingen. Welcher Mensch und vor allem welche Eltern können sich den Schmerz und die Angst, die Gott die ganze Zeit erleiden musste, vorstellen?

Reverend Moon, den wir Wahre Eltern, Wahren Vater oder einfach nur Vater nennen, entdeckte das gebrochene Herz Gottes und war entschlossen, ihn zu trösten, seinen Schmerz zu lindern und seine Kinder zu ihm zurückzubringen. Es ist dieses Herz der totalen bedingungslosen Liebe, das sowohl Jesus als auch dem Wahren Vater das Recht gibt, Christus, Messias und Wahre Eltern der Menschheit genannt zu werden.

Einer der ersten Jünger des Wahren Vaters bezeugte:
Vom Kreuz zur Krone und in die Zukunft

"*1953, in den Anfängen   unserer Kirche, bat mich der Wahre Vater oft, ein Taschentuch zu befeuchten und es ihm um drei Uhr morgens zu übergeben. Nachdem er das Taschentuch in heißes Wasser tunkte und an den Wahren Vater übergeben hatte, wischte er sich damit das Gesicht ab und ging zum Beten. Ich kann seine betende Stimme auch jetzt nicht vergessen. Sie können sich nicht vorstellen, wie kalt es damals war. Doch Der Vater bedeckte sich nur mit einer leichten Decke und betete. Ich konnte ihn sagen hören: "Vater!" und spürte die unterschiedlichen Umstände und die Substanz dessen, was der Wahre Vater allein wusste, versteckt in seiner Stimme. Er weinte so sehr, als er betete. "Ich werde deinen Willen um jeden Preis eines Tages verwirklichen und eine Welt aufbauen, in der alle Menschen wirklich gut leben können." Mit diesem Herzen betete er, und das ist, was er Gott versprach.*"

Jesus konnte dies nicht direkt lehren, weil die Menschen es damals nicht verstanden. Er redete mit ihnen in Gleichnissen, sagte aber, er würde klar vom Vater sprechen, wenn er zurückkäme. Reverend Moon sprach seit sechzig Jahren klar vom Vater und lehrte das Herz Gottes der Liebe für uns, sein gebrochenes Herz, verursacht durch Satan, und unsere Position als Gottes Kinder. Er hat Satans wahres Verbrechen und Adam und Evas großen Fehler entlarvt. Er hat für uns den. Plan für Gottes Reich auf dieser Erde aufgedeckt und die Roadmap für unseren eigenen Rückweg. Das sind in der Tat äußerst wundersame und erstaunliche Zeiten!

Vom Kreuz zur Krone und in die Zukunft

Wenn das Christentum wach genug gewesen wäre und ihn erkannt hätte, als der Wahre Vater sein geistliches Wirken antrat, hätte alles sehr schnell geschehen können. Das Königreich wäre bereits errichtet worden. Aber wie wir betont haben, ist ein großer Teil des Aufbaus des Königreichs Freiheit und Verantwortung. Gott kann seinen Teil dazu beitragen, aber wir, die Menschheit, müssen ebenfalls unseren Beitrag leisten. Wir sagen, dass Gott 95% Verantwortung übernimmt und wir 5% haben, aber wir müssen 100 % in diesen Anteil von 5% investieren.

Als das Christentum in Korea den Wahren Vater nicht erkannte, brachte Gott das Gericht und teilte Gut und Böse durch den Koreakrieg. Vater wurde in ein nordkoreanisches Todeslager gebracht, wegen "Störung der sozialen Ordnung" (das Wort Gottes zu predigen), wurde aber von den Verbündeten unter General Douglas MacArthur befreit und floh schließlich in den Süden. Genau wie zur Zeit Jesu haben die vorbereiteten Menschen das Kommen des Herrn nicht erkannt und versagten, ihre Verantwortung zu erfüllen. Er musste völlig am Nullpunkt anfangen, und die allererste "Kirche" war ein Gebäude, das Vater aus Steinen, Holz und ausrangierten US-Militärrationskartonen herstellte.

Insgesamt wurde der Vater im Laufe seines Lebens geschlagen, gefoltert, für tot gehalten und 7 Mal ins

Gefängnis geworfen. Aber jedes Mal versuchte er, Gott im Gebet zu trösten und betete nicht für sich selbst. Er verstand Gottes gebrochenes und leidendes Herz und wollte ihm selbst in den schlimmsten Zeiten Freude bringen.

Vater gründete am 1. Mai 1954 mit einer Handvoll von Mitgliedern offiziell die Holy Spirit Association for the Unification of Christianity (HSA UWC), bekannt als die Vereinigungskirche. Diese verbreitete sich auf der ganzen Welt und hatte schließlich Millionen von Mitgliedern. Sie wurde als die erfolgreichste neue Religion in der Geschichte anerkannt, da sich neue Religionen in der Regel erst nach dem Tod des Gründers ausbreiten. Trotzdem sagte Vater, dass er die Kirche auflösen werde, da sein Ziel nicht darin bestand, eine neue Religion zu schaffen, sondern Gottes Reich auf Erden aufzubauen. Die Rolle der Religion besteht darin, zu führen und zu erziehen, und nicht ein Selbstzweck zu sein.

Am 11. April 1960 wurde Rev Moon mit Hak Ja Han gesegnet. Dies war das in der Bibel vorhergesagte Hochzeitsmahl des Lammes. Vater hatte Satan die Braut weggenommen und sich von hier an ganz in die Wiederherstellung der Position der nicht gefallenen Eva investiert. Sie war zunächst erfolgreich in diesem Prozess der Wiederherstellung und gebar ihm zwölf Kinder. Während dieser Zeit führten die Wahren Eltern, wie Rev und Mrs. Moon genannt wurden, Ehe Zeremonien durch, die als "die Segnung" für immer mehr Paare bekannt wurden. Letztere wurde in großen Arenen durchgeführt und fand auf der ganzen Welt mit tausenden von Paaren auf einmal statt. Die primäre Bedeutung der

Segnung ist, dass es eine Weise gibt, die gefallene Menschheit in Gottes reine Blutlinie einzuprägen. Die Teilnehmer nehmen heiligen Wein ein im Rahmen der Zeremonie. So wie Jesus uns gesagt hat, sein Blut zu trinken in der Form von Wein und sein Fleisch zu essen in der Form von Brot, um uns an ihn beim Letzten Abendmahl zu erinnern, so trinken wir den Heiligen Wein als das Blut der Wahren Eltern. Dadurch werden wir gereinigt und in Gottes makellose Blutlinie eingeprägt.

Der wahre Vater ging am 3. September 2012 im Alter von 92 Jahren in die Geistige Welt. Leider wurde Vater von seiner Frau Hak Ja Han verraten, nachdem er in die geistige Welt aufgestiegen war und die Vereinigungskirche von ihm gestohlen.

Vor seinem Tod und vor ihrem Verrat versiegelte Rev Moon Hak Ja Hans erstmaligen Sieg als Wahre Mutter, und zusammen wählten sie seinen Erben und Nachfolger. In drei getrennten Zeremonien, die sowohl in Korea als auch in Amerika sehr öffentlich

Vom Kreuz zur Krone und in die Zukunft

stattfanden, erklärte er: "Im Rahmen der Krönungszeremonie zur Errichtung des Reiches der Wahren Eltern des Himmels, der Erde und der Menschheit (erkläre ich das gegenüber dem himmlischen Vater) übertrage und gebe ich den Segen der Wahren Eltern weiter (an dieses Paar). Aju."

Und auch: "Der Vertreter und Erbe ist Hyung Jin Moon, jeder andere ist ein Häretiker und Zerstörer." Trotz dieser und anderer sehr klarer Videos und schriftlicher Erklärungen hat Hak Ja Han ihn verraten, erklärte sich selbst zur Messias Figur (Gottes eingeborene Tochter) und entweihte das geschriebene Wort des Wahren Vaters, das er für die ganze Menschheit hinterlassen hatte. Freiheit und Verantwortung sind absolut, müssen aber von absolutem Glauben, absoluter Liebe und absolutem Gehorsam begleitet werden, damit Gottes Wille erfüllt wird. Sowohl Jesus als auch Sun Myung Moon hatten dieses Herz der Hingebung zu Gott, und wir sind sehr dankbar, dass Sun Myung Moons Vertreter und ausgewählte Erbe, Hyung Jin Moon, dasselbe tut. Gottes Blutlinie ist auf der Erde etabliert, aber aufgrund des Scheiterns von Hak Ja Han wurde der Sieg des Wahren Vaters und das Kommen des Reiches durch drei Generationen verlängert, genau wie zur Zeit Abrahams, Isaaks und Jakobs – das drei Generationen Königtum. Die Welt durchläuft derzeit die Zeit des Leidens, von der in den Offenbarungen die Rede ist, aber der Same ist gesät und das Königreich kommt!

Vom Kreuz zur Krone und in die Zukunft

Kapitel 5

Das Reich Gottes

Wir reden immer wieder vom Reich Gottes und dem Himmelreich auf Erden. Jesus predigte ständig das Evangelium des Reiches, als er auf der Erde war, und lehrte uns zu beten: "Dein Reich komme, dein Wille geschehe auf Erden wie im Himmel." Er lehrte uns, zuerst das Königreich zu suchen.

Was ist das himmlische Königreich auf Erden?

Königreich kann definiert werden als Land, Staat oder Territorium, das von einem König oder einer Königin regiert wird; ein Bereich, in dem eine bestimmte Person oder etwas vorherrscht, und auch als geistige Autorität Gottes.

Ein König wird als männlicher Herrscher eines unabhängigen Staates definiert.

Ein Königreich auf Erden ist also ein realer Ort, ein tatsächliches Stück Land, das von einem König regiert wird.

Der Himmel ist definiert als der Ort, wo Gott lebt und ein Ort oder Zustand extremen Glücks.

Das Himmelreich auf Erden ist daher ein tatsächliches Stück Land, in dem Gott lebt und ein Ort von extremem Glück und Erfüllung für alle. Ein König muss darüber herrschen, sonst ist es kein Königreich.

Hier wird das konventionelle Christentum in der Regel etwas unscharf, weil es noch nie ein Beispiel gab, das man sich ansehen konnte. Es gibt eine Tendenz, an flockige weiße Wolken im Himmel zu denken, wo man schwebt und Harfe spielt. Christus wird als wohlwollender Diktator regieren, und wir werden nichts anderes tun, als von pausbäckigen kleinen Cherubs gefüttert werden. Eine Art himmlischer Wohlfahrtsstaat.

Auf der anderen Seite der Medaille sind die biblischen Beschreibungen von Psalm 2. 8-9 "Bitte mich, so werde ich dir Völker zum Erbe geben und der Welt Enden zum Eigentum. Du sollst sie mit einem eisernen Zepter zerschlagen, wie Töpfe sollst du sie zerschmeißen." Und Offenbarung 12. 5 „Und sie gebar einen Sohn, ein Knäblein, der alle Völker sollte weiden mit einem eisernen Stabe." Beide geben uns das Bild einer rücksichtslosen und unterdrückenden Diktatur. Ein fast despotisches Königtum.

In beiden Fällen gibt es den unausgesprochenen Gedanken, dass dies jetzt nicht wirklich passieren wird. Wir sind so gut durch die traditionelle kirchliche Sicht erzogen, dass die Errettung nur eine innere Sache ist, die auf individueller Basis geschieht, und außerdem sind 2000 Jahre vergangen, seit Jesus uns versprochen hatte, dass er zurückkehren würde. Warum jetzt?

Wenn wir jedoch zum ursprünglichen Ideal Gottes und dem Zweck der Schöpfung zurückkehren, ist auch keines davon anwendbar. Wir sagen nicht, dass die Bibel falsch ist, nur weil wir keine unterdrückende Diktaturen oder despotische Könige mögen, sondern wir müssen das große Bild ansehen. Satan regiert von Anfang an mit unterdrückenden Diktaturen und despotischen Königen. Das ist sein Modus Operandi. Gottes Ideal ist das Gegenteil, aber Satans Reiche müssen gebrochen werden, bevor Gottes Reich installiert werden kann. Es wird eine Übergangszeit geben, eine Zeit der Trübsal. Wie schmerzhaft diese Zeit sein wird, hängt von Freiheit und Verantwortung ab. Kann das Volk die Blutlinie des Herrn annehmen, sich ihm anschließen, einen Präsidenten wählen, der darauf besteht, den Sumpf zu entwässern, Satans Schergen zu verjagen und eine Nation zu errichten, die auf Gott zentriert ist? ODER muss es ein weltweites katastrophales Ereignis geben, das die Länder in die Knie zwingt, damit das Königreich geschaffen werden kann? So oder so, wie immer wir dorthin gelangen, wird das Königreich kommen. Es liegt an uns. Persönlich bevorzugen wir die erste Wahl, weshalb wir dieses Buch schreiben und an Sie appellieren, den Herrn

Vom Kreuz zur Krone und in die Zukunft

der Wiederkunft anzunehmen.

Das Königreich als tatsächliches Land wird aus echten Menschen bestehen – Bürgern, und nicht nur irgendwelchen Bürgern, sondern aus Bürgern des Himmelreiches. Paulus nennt uns Miterben mit Christus in Römer 8.17 und sagt uns, "dass die Schöpfung selbst von ihrer Knechtschaft befreit wird, um in die herrliche Freiheit der Kinder Gottes erhoben zu werden." (Römer 8.21). Jesus sagt uns „Wenn aber des Menschen Sohn kommt in seiner Herrlichkeit und Majestät und alle Engel mit ihm, dann wird er auf dem Thron der Herrlichkeit sitzen" (Matthäus 25.31). Und „Dann wird der König zu denen zu seiner Rechten sagen: *Kommt her ihr Gesegneten meines Vaters, ererbt das Reich, das euch bereitet ist von Anbeginn der Welt*" (Matthäus 25.34). Der Wahre Vater sagte uns: "*Ursprünglich waren alle Menschen, unabhängig davon, wer sie sein mögen, mit dem Privileg ausgestattet, als Kronprinzen und Prinzessinnen im Reich Gottes geboren zu werden. Das ist ihr Wert. Dies war die Würde des Menschen, wie ursprünglich beabsichtigt.*" CSG 1473.

Als Miterben Christi, als Erben des Reiches und als Bürger, die die ursprüngliche Stellung der Kinder Gottes wiederherstellen, sind wir in der Tat Kronprinzen und Prinzessinnen und werden Könige und Königinnen im Reich Gottes.

Vom Kreuz zur Krone und in die Zukunft

Der wahre Vater, als König der Könige, krönte Hyung Jin Nim als seinen Erben und Nachfolger, mit anderen Worten als den zweiten König von Cheon Il Guk (Nation Gottes). Hyung Jin Nim formulierte es so: "Ich wurde vom König der Könige mit meinem Titel ausgezeichnet und werde mich nicht entehren, indem ich die Krone verweigere. Weil Vater mir eine Krone gab, möchte ich, dass ihr alle auch Kronen habt, und sie mit der Mentalität von souveränen Königen und Königinnen tragt. Könige und Königinnen, die auf der Basis von legitimer moralischer und spiritueller Autorität stehen, nicht auf Gewalt. Wir müssen die Position annehmen, die uns der König der Könige und Gott gegeben hat! In der Schrift steht: "Niemand soll deine Krone nehmen!" (Offenbarung 3.11). Ihr werdet Einschüchterung und Spott ausgesetzt sein, um Euch zu drängen, die Krone aufzugeben, aber bitte versteht, dass Gott Euch zu dieser Zeit erwählt hat, um zusammen mit Ihm zu kämpfen. Es kann sein, dass Ihr Schwierigkeiten habt, Eure Identität als Gottes Sohn oder Tochter und das eigene Königtum zu akzeptieren. Aber bitte behält die Aussicht, Dynastien zu bilden, um dem Reich Gottes zu dienen und es zu schützen. Wir sind dabei, zukünftige Königreiche aufzubauen. Diese gegenwärtige Welt stürzt ins Chaos und die satanischen Königreiche werden nicht ewig andauern. Werft nicht Euer Erbe oder Euer Königtum weg! Versteht den Wert, ein Teil der königlichen Familie Christi zu sein." (Aus Notizen während einer Predigt von Hyung Jin Sean

Vom Kreuz zur Krone und in die Zukunft

Moon).

Gott wird sein Reich aufbauen. Christus ist, wie
verheißen, zurückgekehrt. Uns wird die Möglichkeit
geboten, mit ihm als Miterben zusammenzuarbeiten,
um das Königreich aufzubauen und Bürger des Reiches
zu werden, und als Bürger, Könige und Königinnen.
Hyung Jin Nim spricht über das auf den Kopf gestellte
Königreich. Im Laufe der gefallenen Geschichte bis zur
Gegenwart gab es Satans Könige und Königinnen und
andere in dieser Position, die oft eine diktatorische
Regierungsform auferlegten, um uns zu beherrschen.
Wir haben die Regierungen des Abel-Typs gesehen, die
die Demokratie gedeihen ließen, und den Kain-Typ, der
das Volk völlig unterdrückte, aber der Druck war immer
von oben nach unten. Im Reich Gottes herrschen die
ehemaligen Bürger, die "arm im Geiste" sind, und die
Regierung wird in ihre richtige Position als Diener
gebracht werden. Die Bürger werden also souveräne
Macht haben. Eure Liebe zu Gott und der Respekt vor
eurem Nächsten werden an der Tagesordnung sein,
und alle Regeln werden vom Grunde herauf errichtet
werden. Diejenigen, die für andere leben, werden die
größte Verantwortung erhalten.

Damit ein Königreich errichtet werden kann, braucht
es eine Verfassung. Gott hat im Hintergrund gearbeitet
und die Menschen im Laufe der Jahrhunderte mit
unterschiedlichen Ideen zu diesem Zwecke inspiriert.

Die Idee der Demokratie begann in Griechenland vor langer Zeit; in England entstand die Magna Carta. Beide inspirierten Gründer und Verfasser zur Schaffung der Verfassung der Vereinigten Staaten von Amerika, eine der freiesten und erfolgreichsten Verfassungen der Weltgeschichte. Sie hat jedoch immer noch ihre Schwächen.

Rev Sun Myung Moon sprach von der Schaffung einer "Head-Wing"-Bewegung, die sich auf "Gottismus" konzentriert.

"Ein neuer Globalismus, der den Egoismus abwendet, muss hervorkommen. Der Altruismus, der darauf abzielt, für andere zu leben und nicht für sich selbst, kann nur aus Gottes Ideal kommen, weil Er die ursprüngliche Quelle der Liebe ist. Und das Wesen der Liebe ist Altruismus, der uns lehrt, uns für andere zu opfern. Folglich ist das Wesen von "Gottismus" Liebe. Diese Lehre ist die zentrale, ähnlich wie der Kopf den Rest des Körpers bewegt, und daher wird sie als Head-Wing bezeichnet." (164-194, 1987.5.15)

"Was ist Gottismus? Es ist eine Ideologie, die sich auf unsere Vorfahren bezieht, eine Ideologie, die die Vorfahren an die erste Stelle setzt. Es ist ein Head-Wing Denken, das wie die Ideologie der Wahren Eltern ist, der Vermittler im Konflikt zwischen Kommunismus und Demokratie. Head-Wing-Gedanken können als die Ideologie der Wahren Eltern bezeichnet werden. Sobald die Menschen die Eltern der Liebe kennenlernen, werden sie frei und öffnen sich zur Vereinigung. Wenn ihnen ein Platz zum Sitzen oder Stehen

zur Verfügung steht und sie sich in Menschen verwandeln, die gemäß dem großen Weg der himmlischen Grundsätze ohne Hilfe oder Führung leben können, wird alles vollendet sein. Das Problem liegt bei den Menschen. Es gibt genügend Geld und Land. Worin besteht also das Problem? Der Mensch ist das Problem." (191-200, 1989.6.24)

Hyung Jin Nim Moon hat diese Philosophie von seinem Vater übernommen und die Verfassung der Vereinigten Staaten von Cheon-Il-Guk geschrieben. Cheon-Il-Guk ist koreanisch und bedeutet übersetzt "Himmlisches Königreich". Diese Verfassung ist von früheren Verfassungen, die von Gott inspiriert waren, hergeleitet und behebt die Probleme, die seit ihrem Schreiben offensichtlich geworden sind. Sie wird von der Washington Post als ein "mächtiges Dokument" beschrieben. Diese Verfassung erlaubt es den verschiedenen Staaten auf der ganzen Welt, die eine gemeinsame Verbindung zu Gott und einander haben, ihre eigene Einzigartigkeit auszudrücken. Sie ist sehr ähnlich wie die Verfassung der USA, aber sie sucht das Wachstum und die Macht der Regierung zu verhindern, die dabei ist, dieses große Land zu übernehmen. Der Schwerpunkt liegt auf der Aufrechterhaltung von weltweiter Einheit und Frieden, aber die wirkliche Macht bleibt lokal. Eine Kopie der Verfassung von Cheon-Il-Guk in seiner Gesamtheit kann am Ende dieses Buches gefunden Werden.

Vom Kreuz zur Krone und in die Zukunft

Kapitel 6

Zur Verteidigung des Königreichs

Der Eiserne Stab

Viele Christen glauben, dass alles Böse mit der Wiederkehr Christi vernichtet wird, aber wir müssen nur in die Bibel schauen, um zu sehen, dass dies nicht unbedingt so ist.

Offenbarung Kapitel 20 sagt uns, dass die Gläubigen tausend Jahre lang mit Gott und Christus regieren werden, die Ungläubigen aber nicht. Obwohl Satan gebunden, gefesselt und versiegelt ist, wird er nach den tausend Jahren freigelassen und versammelt seine Untergebenen, um gegen das Volk Gottes, den Heiligen, zu kämpfen; er wird aber durch den Einsatz übermäßiger Macht (Feuer vom Himmel) letztlich besiegt werden. Denn in allem, was Gott tut, ist der Aspekt der Freiheit und Verantwortung beinhaltet. Die Menschheit muss sich entscheiden, sich von Satan zu lösen. Das Kommen von Gottes Blutlinie auf Erden beseitigt nicht auf magische Weise Satans Blutlinie. Durch Gottes Volk, das für den Nächsten lebt, und Satans Nachfolger bedingungslos liebt, werden sie sich dafür entscheiden, in Gottes Blutlinie eingeschlossen zu werden.

Vom Kreuz zur Krone und in die Zukunft

Das Kommen des Himmelreichs ist der Wendepunkt, an dem Gottes Blutlinie die Kontrolle über Satans Gemeinde übernimmt und mit Gottes Liebe regiert. Wie es in Lukas 10. 27 heißt: "Du sollst Gott, deinen Herrn, lieben von ganzem Herzen, von ganzer Seele, von allen Kräften und von ganzem Gemüte und deinen Nächsten als dich selbst." Die Konstitution von Cheon-Il-Guk verkörpert diese Lehre, und wenn sie als Gesetz des Landes etabliert ist, wird das Königreich auf der Erde sein.

Da die Übeltäter nicht auf magische Weise verschwinden werden, muss Gottes Volk in der Lage sein, den Grundsatz der Verfassung aufrechtzuerhalten und zu schützen. Es scheint nötig zu sein, dass die Gläubigen eine Form von Waffen tragen müssen, um die Rechtschaffenen zu verteidigen und den Frieden zu bewahren. Hyung Jin Nim fand die Passagen, die von dem "Eisernen Stab" in der ganzen Bibel sprachen, besonders in Bezug auf die Herrschaft des etablierten Königreichs. . Er erkannte dies als das Gewehr, die AR-15, als die produktivste und populärste Waffe, die einer Regierung angemessen ist.

In Offenbarung 2. 26-27 heißt es: "Und wer überwindet und meine Werke bis ans Ende bewahrt, dem werde ich Macht geben über die Nationen; und er wird sie mit eisernem Stab regieren; und wie die Gefäße eines

Vom Kreuz zur Krone und in die Zukunft

Töpfers werden sie zerbrochen werden, wie auch ichs von meinem Vater empfangen habe". Dies ist eine Version der Luther Bibel. Das griechische Wort "poimaino" wird mit "regieren" übersetzt, aber es bedeutet auch "Schäfer" oder "Wächter". Die Amplified Holy Bible liest: "Und wer überwindet und wer meine Taten bis ans Ende bewahrt, dem werde ich Vollmacht und Macht über die Nationen geben; und er wird sie hüten und regieren mit eiserner Stange, wie die irdenen Töpfe zerbrochen sind, wie auch ich von meinem Vater die Vollmacht empfangen habe." Ein Hirte schützt die Herde vor denen, die ihnen schaden würden. Christus sagt denjenigen, die bis zum Ende treu bleiben, dass sie, um die Nationen zu regieren und beschützen, dies mit einem eisernen Stab tun sollen; mit anderen Worten, mit der Macht des Gewehrs die Völker zu beschützen.

Die Gründerväter der USA haben den zweiten Zusatzartikel zur US-Verfassung aufgenommen, nachdem sie einen hart umkämpften Krieg gegen ein unterdrückendes Imperium gewonnen hatten, das sie besteuern wollte. Sie wollten, dass die Bürger dieses neuen Landes nicht nur in der Lage seien, sich gegen Kriminelle zu verteidigen, sondern auch als Abschreckung gegen zukünftige Unterdrücker handeln. Aus diesem Grund ist Amerika die freieste Nation der Welt – aber nur gerade so. Die Tatsache, dass der linke Flügel in diesem Land so verzweifelt ist, die

Bürger zu entwaffnen, sollte gegenüber solchen Plänen Alarm schlagen. Die Entwaffnung der Bürger eines Landes geht fast immer einem größeren Akt der Unterdrückung von der Regierung voraus. Und jeder Unterdrückungshandlung, die eine Regierung gegen ihr eigenes Volk begeht, setzt immer eine Entwaffnung voraus.

Auf der anderen Seite führt eine verantwortungsvolle, bewaffnete Bürgerschaft zu einer viel sicheren Gesellschaft. Die Fähigkeit, sich selbst, die eigene Familie und die Nachbarn zu verteidigen, hält Kriminelle davon ab, Gewalttätigkeit auszuüben, sei es auf individueller oder auf staatlicher Ebene. Das ist die Mentalität des Hirten.

Hyung Jin Nim hat uns gelehrt, dass das Vorbild für eine bewaffnete Bürgerschaft uns von Jesus gegeben wird, als er auf die Frage antwortete, welches das größte Gebot ist: "Du sollst den Herrn, deinen Gott, von ganzer Seele und von ganzem Herzen lieben. Dies ist das vornehmste und größte Gebot. Das andere aber ist dem gleich – du sollst deinen Nächsten lieben wie dich selbst." (Matthäus 22. 37-39). Die Haltung, zuerst Gott zu lieben und zu respektieren, und dann für andere zu leben und bereit zu sein, sie zu beschützen, das ist die Grundlage einer freien Gesellschaft.

Hyung Jin Nim lehrt uns weiter, dass Jesus in der

Bergpredigt (Matthäus 5. 3-12) die Menschheit über die Kultur der Erben des kommenden Reiches aufgeklärt hat. "Mit seiner zeitlosen Weisheit lehrte uns Jesus die Eigenschaften, die für ein Königreich von souveränen, bewaffneten Menschen notwendig sind. Demut, Mitgefühl, Barmherzigkeit, Reinheit, Rechtschaffenheit – das sind die Tugenden des Königreichs. Das Himmelreich braucht den Eisernen Stab im christlichen Rahmen." "Der Eiserne Stab ermöglicht es den Bürgern, den Frieden durch Stärke aufrechtzuerhalten. Die Miterben Christi werden zu Beschützern des Königreiches, bleiben durch Selbstbeschränkung stark und reagieren nicht mit Zorn. Diejenigen, die Waffen tragen, müssen ein hohes Maß an Disziplin und Wachsamkeit aufrechterhalten. Es ist wichtig, zu lernen, wie man sich selbst beherrscht, denn die Bürger haben eine ungeheure Macht, wenn sie den Eisernen Stab tragen."

Charles Carroll, einer der Gründerväter der Vereinigten Staaten von Amerika, formulierte es so: "Ohne Moral kann eine Republik nicht lange bestehen; diejenigen, die die christliche Religion anprangern, deren Moralität so erhaben ist und rein... untergraben das solide Fundament der Moral, die beste Sicherheit freier Regierungen."

Friedenspolizei, Friedens-Miliz

Wir als Bürger des Reiches Gottes, die an der Souveränität Christi teilhaben werden, tragen die Verantwortung, uns, unsere Familien, unseren Nachbarn und unsere Nation mit unserem eigenen Eisernen Stab zu verteidigen. Für das Königreich zu kämpfen und es zu verteidigen, ist ein Ausdruck Gott und unseren Nächsten (sein Volk) zu lieben. Es ist ein natürliches Recht, das uns nicht von der Regierung, sondern von Gott gegeben wird. Das ist das Fundament der Friedenspolizei, der Friedens-Miliz.

Rev Sun Myung Moon sagte: "Wenn es an der Zeit ist, die satanische Macht zu bekämpfen, werde ich niemals zögern, Oberbefehlshaber zu werden und die himmlische Armee in den Kampf zu führen. Glauben Sie, dass das Verteidigungsministerium Gottes Welt beschützen kann? Vertrauen Sie ihm nicht zu sehr. Ihr könnt nur den himmlischen Kräften vertrauen, die dem Zweck Gottes gewidmet sind.

Unsere jungen Menschen sollten körperlich in jeder Hinsicht geschult werden. In einem letzten Krieg gegen die satanische Kraft wird es eine Schlacht um Leben oder Tod sein. Um die himmlische Seite zu schützen, müssen wir vielleicht Soldaten werden. Es liegt in Satans Natur, dass er angreifen wird, sobald er das Gefühl hat, in einer überlegenen Position zu sein. Ist es ein

Verbrechen, sich und die himmlische Nation zu verteidigen?

Ihr solltet nicht irgendein naives Konzept christlicher Liebe haben, das nichts zu tun hat mit einer Konfrontation von Satans Kräften, die entschlossen sind, Gottes Welt und Gottes Volk zu zerstören. Wenn Gott keine Macht hat, einen satanischen Angriff zu besiegen, dann ist er kein Gott mehr. Als Gottes Streitkraft werden wir in der Lage sein, uns selbst zu verteidigen und die göttliche Welt zu verteidigen. Wir sind eine andere Art von religiöser Führung." (Reverend Sun Myung Moon, The Age of Judgment and Ourselves).

Friedenspolizei, Friedens-Miliz ist eine Weise, wie wir als Bürger des Königreichs Verantwortung übernehmen, um einander, unsere Freiheit und unseren Gott zu schützen und zu verteidigen. Mit der Friedenspolizei bewahren wir unsere Freiheit vor Kriminellen und schützen unsere Familien vor Hausinvasion, Vergewaltigung und Raub. Friedens-Miliz soll unsere Nation vor Invasionen oder diktatorischen Aktionen der Regierung schützen. Wenn alle Bürger bewaffnet sind fallen Kriminalitätsstatistiken drastisch, und vor allem ist eine Regierung weit weniger geneigt, Unterdrückung auszuüben.

Wir bauen das Himmelreich auf Erden, das ein tatsächliches Stück Land, ein Staat, oder ein Bund von

Staaten ist, in dem Gott lebt, ein Ort des extremen Glückes und Erfüllung für alle, ein Ort des Friedens. Es wird von Gottes Volk mit der Haltung eines Hirten regiert. Liebe Gott, liebe deinen Nächsten, sei langsam mit dem Zorn und bewahre Frieden durch Stärke. Aber es ist wichtig, sich daran zu erinnern, dass dies nicht eine Unterdrückung des freien Denkens, der freien Meinungsäußerung oder der Religionsfreiheit ist. Freiheit war schon immer Gottes Weg und ist ein Teil seines Reiches. Wir bauen ein Königreich auf, in dem die Liebe das Höchste ist – elterliche Liebe, eheliche Liebe, Geschwisterliebe, und der gemeinsame Respekt für all dies entwickelt sich ganz natürlich daraus.

Kapitel 7

Zusammenfassung

Wir hoffen, dass Ihnen diese Reise "vom Kreuz zur Krone" gefallen hat. Sie hat uns vom Anfang der Schöpfung Gottes durch das große Leid und die Trauer über das Verschwinden des Ideals Gottes geführt; durch die mutigen Schritte, die unternommen wurden, um die Erlösung zu bringen; zum siegreichen Leben Christi und zur Etablierung der Blutlinie Gottes auf der Erde – endlich!

Es ist eine Geschichte von schöner unschuldiger Hoffnung zu Beginn der Zeit, nur um durch Täuschung und Verrat zerschlagen zu werden. Es ist die Geschichte von Gottes absoluter und unerbittlicher Liebe, die nie aufgegeben hat; und die Geschichte vom Sieg eines Mannes, der endlich Gottes schmerzendes Herz lindert.

Wir sind so gesegnet, in dieser Zeit am Leben zu sein und am ausschlaggebendsten Ereignis der Menschheitsgeschichte teilzunehmen – der tatsächlichen Verwirklichung des Reiches Gottes auf der Erde. Wir sind Schauspieler, die unsere Rollen in der Geschichte spielen, wie es Johannes vor zweitausend Jahren in der Offenbarung geschrieben hat. Welche

Charaktere spielen wir? Das, lieber Freund, hängt an jedem von uns und unserer individuellen Freiheit und Verantwortung ab! Betet tief, liebe Freunde, und lasst Gott zu Euch sprechen.

Anhang

DAS STAATSGRUNDGESETZ DER VEREINIGTEN STAATEN VON CHEON IL GUK (DES HIMMLISCHEN KÖNIGREICHS)

Präambel

Cheon Il Guk, das Königreich Gottes (oder des Himmels), eine souveräne und wirkliche Nation, existiert in dieser Welt noch nicht, ist aber der lang erwartete Höhepunkt des von den biblischen Schriften prophezeiten Endes der Zeit. Das Göttliche Prinzip und die Acht Großen Textbücher, die vom Wahren Vater, dem Christus, bei Seinem Zweiten Kommen offenbart wurden, sind das geistige Fundament dieses Grundgesetzes. Auf dem Fundament dieser ewigen Wahrheiten wird die künftige Nation von Cheon Il Guk (des Himmlischen Königreiches) in politischer und gesetzlicher Hinsicht errichtet. Dieses Grundgesetz ist keine Verfassung einer Kirche oder einer religiösen Körperschaft, sondern sie ist die Verfassung für eine reale und souveräne künftige Nation und die buchstäbliche Frucht der Göttlichen Vorsehung. Die ganze Geschichte hindurch wurde dieses künftige Reich Gottes ersehnt und erwartet.

Vom Kreuz zur Krone und in die Zukunft

In dieser hoffnungsvollen Erwartung, erkläre ich, Hyung Jin Moon - gekrönter Nachfolger und Repräsentant der Kosmischen Wahren Eltern des Himmels und der Erde und voller Erbe der Königsherrschaft Gottes - mit aller Autorität, die mir vom Wahren Vater, dem Herrn der Wiederkunft und König der Könige verliehen wurde, hiermit feierlich: Alle Menschen des Himmlischen Königreichs, Cheon Il Guk, sind souveräne Kinder des allmächtigen Gottes, Christus, der Fleisch geworden ist und uns eine unermessliche Gnade zuteil werden ließ, indem er uns in Gottes Leben, Gottes Liebe und Gottes Blutslinie einpfropfte. Dies stattet alle Menschen des Königreiches Gottes mit unveränderlichen und unveräußerlichen Rechten aus, die ihren Ursprung haben in ihrem Schöpfer, in Gott selbst, durch die physische Königsherrschaft des Christus, die errichtet wurde bei Seinem Zweiten Kommen als der Wahre Vater, Sun Myung Moon.

Die Errichtung der Königsherrschaft Gottes markiert das Ende von Satans Tyrannei und Herrschaft über die Menschen dieser Welt während vergangener Zeiten. Durch den völligen Sieg des Wahren Vaters, des Königs der Könige und Herrn der Herren, wurden die Bedingungen für die Errichtung des Königreichs Gottes hier auf Erden erfüllt. Jedoch infolge des Versagens der Han Mutter in letzter Stunde bewegt sich die Welt in die Richtung des Gerichts anstatt des Segens, und die

Vorsehung wurde auf drei Generationen und auf die
Drei Königsherrschaften Gottes ausgeweitet.

Am Beginn der menschlichen Geschichte im Garten
Eden sollte Gottes ursprüngliche Welt der Freiheit, der
freien Wahl, des Gewissens und der Beziehung mit Gott
errichtet werden. Es sollte eine Welt sein, in der die
mächtigen Erzengel Diener der Kinder Gottes sein
sollten. Jedoch aufgrund des Sündenfalls beging Eva
Ehebruch mit dem Erzengel und versuchte Adam,
gegen Gott zu sündigen. So wurde Satans Herrschaft
über diese Welt errichtet, und im Laufe der Geschichte
zeigten sich zentralisierte Gewalten und Regierungen,
Religionen und wirtschaftliche Unternehmen, die
künstliche Strukturen gebrauchen, um über die
Menschheit zu herrschen und sie manchmal graduell,
manchmal mit brutaler Gewalt ihrer Freiheit berauben.
Nun wird das Königreich Gottes auf Erden errichtet, wo
die künstlichen Strukturen der Gewalt, die Satan
repräsentieren, niemals wieder über die Menschheit
herrschen werden. Unabdingbares Ziel und Aufgabe
der Königsherrschaft Gottes ist die Bewahrung und der
Schutz dieses Bundes zwischen Gott und den Menschen
dieser Welt.

Es ist die absolute Verantwortung der künftigen
Königsherrschaften der direkten Blutslinie Gottes, das
Gelübde und den Bund mit jeder neuen Generation zu
erneuern. Künftige Könige des Königreichs Gottes,

Vom Kreuz zur Krone und in die Zukunft

Cheon Il Guk, die diesen heiligsten Bund zwischen Gott und Seinem Volk – repräsentiert als „Vereinigte Staaten von Cheon Il Guk" – entweihen, beladen sich mit jeder Art von Fluch und werden rücksichtslos von der geistigen Welt und dem allmächtigen Gott gerichtet. Das ist eine furchtbare Warnung für künftige Könige von Cheon Il Guk.

In der Krönungszeremonie der Königsherrschaft Gottes am 13. Januar 2001 erklärte der Wahre Vater, der Messias, der Herr der Wiederkunft und der König der Könige, dass „Artikel I der Verfassung des Himmlischen Königreichs besagt: dass die Blutslinie nicht befleckt werden darf und bis in alle Ewigkeit rein zu erhalten ist… Der zweite Punkt besagt, dass die Menschenrechte nicht verletzt werden dürfen… Und der dritte Punkt besagt, dass öffentliches Geld und öffentliches Eigentum nicht gestohlen und für private Zwecke benutzt werden dürfen."

Nun, da ich, Hyung Jin Moon, meinen rechtmäßigen Platz einnehme als König der zweiten Königsherrschaft des Königreiches Gottes, von Cheon Il Guk, als gekrönter Nachfolger und Repräsentant der Wahren Eltern des Himmels und der Erde und voller Erbe der Königsherrschaft Gottes - von meinem Vater, Sun Myung Moon, dem Wahren Vater, dem Messias, dem Herrn der Wiederkunft und dem König der Könige, ausgestattet mit aller Autorität – erkläre ich hiermit feierlich das folgende Unveränderliche und Unwandelbare Staatsgrundgesetz für alle Menschen aller Zeiten, das NIEMALS verkürzt und dem nichts hinzugefügt werden soll in folgender Auflistung:

Die Verfassung der Vereinigten Staaten von Cheon Il Guk[1]

Wir, das Volk der Vereinigten Staaten von Cheon Il Guk, geleitet von der Absicht unseren Bund zu vervollkommnen, Gerechtigkeit zu schaffen, die Ruhe im Innern zu sichern, die Landesverteidigung zu gewährleisten, das Allgemeinwohl zu fördern und den Segen der Freiheit uns selbst und unseren Nachkommen zu sichern, bestimmen und errichten im Namen des himmlischen Vaters diese Verfassung für die Vereinigten Staaten von CIG.

Grundsatz I: Die reine Abstammung von Gott erhalten

Die Aufteilung der Geschlechter, in der der Mann der Subjektpartner ist und die Frau den Objektpartner darstellt, ist von Gott gegeben. Der Kongress darf kein Gesetz erlassen, das diesem göttlichen Erlass

---

[1] Cheon Il Guk im Folgenden abgekürzt mit CIG
Vom Kreuz zur Krone und in die Zukunft

widerspricht.

Die eheliche Treue zwischen einem Mann und einer Frau ist das Ideal von Gottes Schöpfung. Daher wird die Regierung von CIG kein Gesetz erlassen, das diesem göttlichen Gesetz widerspricht oder es beeinträchtigt. Da das Ergebnis einer solchen auf Treue beruhenden Ehe die Empfängnis von Kindern ist, darf der Kongress kein Gesetz erlassen, das die Verletzung jeglicher geborenen oder ungeborenen Personen erlaubt. Gemäß der sexuellen Enthaltsamkeit vor der Ehe als ideale Voraussetzung für Frischvermählte darf der Kongress kein Gesetz verabschieden, das alternative Lebensstile unterstützt oder sie befürwortet.

Grundsatz II: Die Menschenrechte sind zu achten

Alle genetisch nicht modifizierten, biologisch lebenden Personen, die die Spitze der Schöpfung Gottes darstellen, sind von ihrem Schöpfer mit unveräußerlichen Menschenrechten ausgestattet:

Recht I

Der Kongress darf kein Gesetz erlassen, das die Einführung einer Staatsreligion betrifft oder die freie Religionsausübung verbietet, die Meinungs- und Pressefreiheit einschränkt oder das Recht des Volkes beeinträchtigt, sich friedlich zu versammeln und die

Regierung durch Petition zur Behebung von Missständen aufzufordern.

Recht II

Eine wohlregulierte Miliz ist für die Sicherheit eines freien Staats unerlässlich. Daher darf das Recht des Volkes (Individuen), Waffen zu besitzen und zu tragen nicht eingeschränkt werden.

Recht III

Kein Soldat (Individuum) darf in Friedenszeiten ohne Zustimmung des Eigentümers in einem Haus einquartiert werden und auch in Kriegszeiten nur in der gesetzlich vorgeschriebenen Weise.

Recht IV

Das Recht des Volkes auf Schutz der Person, der Unterkunft, der Urkunden und des Eigentums, vor willkürlicher Durchsuchung, Verhaftung und Beschlagnahme darf nicht verletzt werden; und Haft- und Durchsuchungsbefehle dürfen nur bei Vorliegen eines eidlich oder eidesstattlich erhärteten Rechtsgrundes ausgestellt werden und müssen die durchsuchende Örtlichkeit und die in Gewahrsam zu nehmenden Personen oder Gegenstände genau bezeichnen.

Recht V

Niemand soll wegen eines Kapitaldelikts oder sonstigen verwerflichen Verbrechens zur Verantwortung gezogen werden, es sei denn auf Antrag oder Anklage eines Großen Geschworenen Gerichts. Hiervon ausgenommen sind Fälle, die sich bei den Land- oder Seestreitkräften oder bei der Miliz ereignen, wenn diese in Kriegszeit oder bei öffentlichem Notstand im aktiven Dienst stehen. Niemand darf wegen derselben Straftat zweimal durch ein Verfahren in Gefahr des Leibes und des Lebens gebracht werden. Niemand darf in einem Strafverfahren zur Aussage gegen sich selbst gezwungen noch des Lebens, der Freiheit oder des Eigentums ohne vorheriges ordentliches Gerichtsverfahren nach Recht und Gesetz beraubt werden. Privateigentum darf nicht ohne angemessene Entschädigung für öffentliche Zwecke eingezogen werden.

Recht VI

In allen Strafverfahren hat der Angeklagte das Recht auf einen zügigen und öffentlichen Prozess vor einem unparteiischen Geschworenengericht des Staates und Distriktes, in dem die Straftat begangen wurde, wobei der betroffene Distrikt zunächst auf rechtlichem Wege zu ermitteln ist. Der Angeklagte hat weiterhin das Recht, über Art und Begründung der Anklage aufgeklärt und den Belastungszeugen gegenübergestellt zu werden, sowie auf Zwangsvorladung von Entlastungszeugen und einen Rechtsbeistand zu seiner Verteidigung.

Recht VII

In Zivilprozessen, in denen der Streitwert mehr als zwanzig Dollar beträgt, besteht das Recht auf Prozess vor einem Geschworenengericht; und keine Tatsache, über die von einem solchen Gericht befunden wurde, darf von einem Gerichtshof der Vereinigten Staaten von CIG nach anderen Regeln als denen des gemeinen Rechts erneut einer Prüfung unterzogen werden.

Recht VIII

Übermäßige Bürgschaften dürfen nicht gefordert, übermäßige Geldstrafen nicht auferlegt und grausame oder ungewöhnliche Straftaten nicht verhängt werden.

Recht IX

Die Auflistung bestimmter Rechte in der Verfassung darf nicht so ausgelegt werden, dass dadurch andere, dem Volk vorbehaltene Rechte aufgehoben oder eingeschränkt werden.

Recht X

Die Machtbefugnisse, die von der Verfassung weder den

Vereinigten Staaten von CIG übertragen noch den Einzelstaaten entzogen werden, bleiben den jeweiligen Einzelstaaten oder dem Volke vorbehalten.

Grundsatz III: Öffentliche Gelder sind nicht zu missbrauchen

Artikel I

Autorität des Königs:

1. Der König von CIG ist das Staatsoberhaupt der Vereinigten Staaten von CIG. Die Königsherrschaft wurde von Sun Myung Moon, dem Herrn der Wiederkunft, seinem Sohn Hyung Jin Moon als der zweite König und anschließend Shin Joon Moon als dritter König vermacht. Die Königsherrschaft wird fortan einem Sohn des regierenden Königs vermacht. Hat der König keinen Sohn, wird die Königsherrschaft einem männlichen Erbe aus der direkten Linie von Hyung Jin Moon vermacht. Der König wird entscheiden, wer sein Erbe ist, und er wird die Erbfolge aufstellen.

2. Der König von CIG hat die Befugnis, Strafaufschübe und Begnadigungen für Vergehen gegen die Vereinigten Staaten von CIG zu gestatten.

3. Der König ernennt die Richter des Obersten Gerichtshofs mit der Zustimmung des Senats. Der König kann, mit der Zustimmung des Senats, die Richter der Unteren Instanzen ernennen, oder er kann diese Befugnis auf den Präsidenten übertragen.

4. Der König kann Berufungen gegen die Entscheidungen des Obersten Gerichtshofs anhören.

5. Der König erhält regelmäßige Berichte zur Lage der Nation durch den Präsidenten der Vereinigten Staaten von CIG.

6. Der Kongress hat Geldmittel für die Instandhaltung des königlichen Haushalts und die Finanzierung des königlichen Amtes zuzuteilen. Bedienstete und Leibwachen des Königs gelten als Angehörige seines Haushalts und stehen allein unter seinem Ermessen.

7. Unter der Autorität des Königs wird das Amt des Generalinspekteurs etabliert. Dieses Amt verleiht uneingeschränkten Zugang zu allen Dokumenten (Daten) der Regierungen von CIG und soll der Inspektion und Strafverfolgung von Personen in der CIG Regierung dienen, einschließlich der Einleitung von Amtsenthebungsverfahren gegen den Präsidenten oder der strafrechtlichen Verfolgung von CIG Regierungsangestellten. Dieses Amt wird an Kook Jin Moon und seine Nachkommen übergeben. Die

Erbschaft erfolgt von Vater zu Sohn oder zum nächsten männlichen Angehörigen, wenn es keinen Sohn gibt. Die Vererbung dieses Amtes wird mit Zustimmung des Königs vollzogen.

8. Sollte der Präsident während eines nationalen Notstands unter Anklage stehen oder seines Amtes enthoben worden sein, hat der König das Anrecht per Dekret zu regieren.

9. Der König vermag nach seinem Ermessen jeglichen außenpolitischen Vertrag als hinfällig zu erklären.

10. Der König mag allein nach seinem Ermessen jegliches Dokument in der Regierung von CIG freigeben.

11. Der König ernennt das Oberhaupt der Präsidentengarde sowie alle ihre Mitglieder.
Artikel II

Abschnitt 1

Die Judikative der Vereinigten Staaten von CIG liegt bei einem Obersten Bundesgericht und solchen unteren Gerichten, deren Errichtung der Kongress von Fall zu Fall anordnen wird. Die Richter, im Obersten Bundesgericht sowie in den unteren Instanzen bekleiden ihr Amt für zwölf Jahre und erhalten eine

Vergütung, deren Wert sich während ihrer gesamten Amtszeit nicht verringert. Das Oberste Bundesgericht soll aus zwölf Richtern bestehen. Die Richter werden aufgeteilt in sechs Gruppen, sodass alle zwei Jahre zwei Richter ernannt werden pro Jahr.

Abschnitt 2

1: Die richterliche Gewalt erstreckt sich auf alle Fälle nach dem Gesetzes- und Billigkeitsrechts, die aus dieser Verfassung, den Gesetzen der Vereinigten Staaten von CIG, sowie aus den unter deren Autorität geschlossenen oder künftig zu schließenden Verträgen hervorgehen; - auf alle Fälle, die Botschafter, Gesandte und Konsuln betreffen; - auf alle Fälle der Admiralitäts- und Seegerichtsbarkeit; - auf Streitigkeiten, in denen die Vereinigten Staaten von CIG Streitpartei sind; - auf Streitigkeiten zwischen zwei oder mehreren Einzelstaaten; - zwischen einem Einzelstaat und den Bürgern eines anderen Einzelstaates; - zwischen Bürgern verschiedener Einzelstaaten; - zwischen Bürgern desselben Einzelstaates, die auf Grund von Landzuweisungen seitens verschiedener Einzelstaaten Anspruch auf Land erheben; - sowie zwischen einem Einzelstaat oder dessen Bürgern und fremden Staaten, Bürgern oder Untertanen.

2: Fälle, die Botschafter, Gesandte und Konsuln betreffen, und solche, in denen ein Einzelstaat

Streitpartei ist, unterliegen der Gerichtsbarkeit des Obersten Bundesgerichts. In allen anderen, zuvor genannten Fällen dient das Oberste Bundesgericht als Berufungsgericht, sowohl in der rechtlichen als auch in der Tatsachenbeurteilung, wobei der Kongress über jegliche Ausnahmen und Einzelheiten bestimmt.

3: Alle Strafprozesse mit Ausnahme von Fällen der Amtsanklage sind von einem Geschworenengericht durchzuführen, und die Verhandlung findet in dem Einzelstaat statt, in dem die fragliche Straftat begangen worden ist. Wenn eine Straftat allerdings nicht im Gebiet eines der Einzelstaaten begangen worden ist, so findet die Verhandlung an dem Ort oder den Orten statt, die der Kongress durch Gesetz bestimmen wird.

4: Das Gericht erkennt das Recht der Geschworenen an, ungerechte und verfassungswidrige Gesetze zu annullieren.

5: Vertrautheit mit den Umständen eines Falles darf nicht zum Anlass für die Entlassung eines Geschworenen dienen.
Abschnitt 3

1: Als Verrat gegen die Vereinigten Staaten von CIG gilt lediglich die Kriegführung gegen sie oder die Unterstützung ihrer Feinde durch Hilfeleistung und Begünstigung. Niemand darf des Verrates schuldig

Vom Kreuz zur Krone und in die Zukunft

gesprochen werden, es sei denn auf Grund der Aussage von zwei Zeugen über dieselbe offenkundige Handlung oder auf Grund eines Geständnisses in öffentlicher Gerichtssitzung.

2: Der Kongress hat das Recht, die Strafe für Verrat festzusetzen. Jedoch dürfen die Rechtsfolgen des Verrats nicht über die Lebenszeit des Angeklagten hinaus Ehr- oder Vermögensverlust für seine Nachkommen bewirken.

Artikel III

Abschnitt 1

Alle in dieser Verfassung verliehene gesetzgebende Gewalt ruht im Kongress der Vereinigten Staaten von CIG, der aus einem Senat und einem Repräsentantenhaus besteht.

Abschnitt 2

1: Das Repräsentantenhaus setzt sich aus Abgeordneten zusammen, die alle zwei Jahre in den Einzelstaaten vom Volk gewählt werden. Die Wähler in jedem Staate müssen den gleichen Bedingungen genügen, die für die Wähler der zahlenmäßig stärksten Kammer der gesetzgebenden Körperschaft des Einzelstaats vorgeschrieben sind. Jedes Mitglied ist auf sechs

Amtsperioden beschränkt.

2: Niemand kann Abgeordneter werden, der nicht das Alter von 25 Jahren erreicht hat, sieben Jahre Bürger der Vereinigten Staaten von CIG gewesen und zum Zeitpunkt seiner Wahl Einwohner desjenigen Staates ist, in dem er gewählt wurde.

3: Die Abgeordnetenmandate und die direkten Steuern werden auf die einzelnen Staaten, die diesem Bund angeschlossen sind, im Verhältnis zu ihrer Einwohnerzahl verteilt. Die Durchführung der Zählung selbst erfolgt innerhalb von drei Jahren nach der ersten Zusammenkunft des Kongresses der Vereinigten Staaten von CIG und danach alle zehn Jahre in einer gesetzlich festzulegenden Weise. Verhältnismäßig soll es einen Abgeordneten für je 2100 Einwohner geben, jedoch soll jeder Staat mindestens einen Abgeordneten haben.

4: Wenn in der Vertretung eines Staates Abgeordnetensitze frei werden, dann schreibt die Regierung Ersatzwahlen aus, um die erledigten Mandate neu zu besetzen.

5: Das Repräsentantenhaus wählt einen Präsidenten (Sprecher) und sonstige Parlamentsorgane und soll die Befugnis zur Amtsenthebung haben.

6: Die Regierung kommt nicht für Angestellte des Repräsentantenhauses auf.

Abschnitt 3

1: Der Senat der Vereinigten Staaten von CIG setzt sich zusammen aus je zwei Senatoren pro Staat, gewählt auf sechs Jahre von dessen gesetzgebenden Körperschaft. Der Dienst eines jeden Senators soll auf maximal zwei Amtszeiten beschränkt sein.

2: Unmittelbar nach seinem Zusammentritt nach der ersten Wahl soll der Senat so gleichmäßig wie möglich in drei Gruppen aufgeteilt werden. Die Senatoren der ersten Gruppe haben nach Ablauf von zwei Jahren ihr Mandat niederzulegen, die der zweiten Gruppe nach Ablauf von vier Jahren und die der dritten Gruppe nach Ablauf von sechs Jahren, sodass jedes zweite Jahr ein Drittel neu zu wählen ist. Falls durch Rücktritt oder aus einem anderen Grund während der Parlamentsferien der gesetzgebenden Körperschaft eines Einzelstaates Sitze frei werden, so kann dessen Regierung vorläufige Ernennungen vornehmen bis die gesetzgebende Körperschaft bei ihrer nächsten Zusammenkunft die erledigten Mandate wiederbesetzen kann.

3: Niemand kann Senator werden, der nicht das Alter von 30 Jahren erreicht hat, neun Jahre Bürger der Vereinigten Staaten von CIG gewesen und zum

Zeitpunkt seiner Wahl Einwohner desjenigen Staates ist, für den er gewählt wird.

4: Der Vizepräsident der Vereinigten Staaten von CIG ist Präsident des Senats. Er hat jedoch kein Stimmrecht, ausgenommen im Falle der Stimmengleichheit.

5: Der Senat wählt seine sonstigen Parlamentsorgane und auch einen Interimspräsidenten für den Fall, dass der Vizepräsident abwesend ist oder das Amt des Präsidenten der Vereinigten Staaten von CIG wahrnimmt.

6: Der Senat hat das alleinige Recht, über alle Amtsanklagen zu befinden. Wenn er zu diesem Zwecke zusammenkommt, stehen die Senatoren unter Eid oder eidesstattlicher Verantwortlichkeit. Bei Verfahren gegen den Präsidenten der Vereinigten Staaten von CIG führt der Oberste Bundesrichter den Vorsitz. Niemand darf ohne Zustimmung von zwei Dritteln der anwesenden Mitglieder schuldig gesprochen werden.

7: Das Urteil in Fällen von Amtsanklagen lautet höchstens auf Entfernung aus dem Amt sowie auf Aberkennung der Berechtigung ein Ehrenamt, eine Vertrauensposition oder ein besoldetes Amt im Dienste der Vereinigten Staaten von CIG zu bekleiden; aber der Schuldige ist trotzdem der Anklageerhebung, dem Strafverfahren, der Verurteilung und dem Strafvollzug nach dem Gesetz unterworfen.

Abschnitt 4

1: Zeit, Ort und Vorgehensweise der Senatoren- und Abgeordnetenwahlen werden in jedem Staat durch dessen gesetzgebende Körperschaft bestimmt. Allerdings kann der Kongress jederzeit selbst durch Gesetz solche Bestimmungen erlassen oder ändern; nur die Orte der Durchführung der Senatorenwahlen sind davon ausgenommen.

2: Der Kongress tritt mindestens einmal im Jahr zusammen, und zwar am ersten Montag im Dezember, sofern er nicht durch Gesetz einen anderen Tag bestimmt.

Abschnitt 5

1: Jedem Haus obliegt selbst die Überprüfung der Wahlen, der Abstimmungsergebnisse und der Wählbarkeitsvoraussetzungen seiner eigenen Mitglieder. In jedem Hause ist die Anwesenheit der Mehrheit der Mitglieder zur Beschlussfähigkeit erforderlich. Jedoch darf eine Minderheit die Sitzung von einem Tag auf den anderen vertagen und ist befugt, das Erscheinen abwesender Mitglieder in der von jedem Haus vorgesehenen Form und mit dementsprechender Strafandrohung zu erzwingen.

Vom Kreuz zur Krone und in die Zukunft

2: Jedes Haus kann sich eine Geschäftsordnung geben, seine Mitglieder wegen ordnungswidrigen Verhaltens bestrafen und mit Zweidrittelmehrheit ein Mitglied ausschließen.

3: Jedes Haus führt ein fortlaufendes Verhandlungsprotokoll, das von Zeit zu Zeit zu veröffentlichen ist, mit Ausnahme solcher Informationen, die nach dem Ermessen des Hauses Geheimhaltung erfordern. Die Ja- und die Nein-Stimmen der Mitglieder jedes Hauses zu jedweder Frage sind auf Antrag eines Fünftels der Anwesenden im Verhandlungsprotokoll zu vermerken.

4: Keines der beiden Häuser darf sich während der Sitzungsperiode des Kongresses ohne Zustimmung des anderen auf mehr als drei Tage vertagen noch an einem anderen als dem für beide Häuser bestimmten Sitzungsort zusammentreten.

Abschnitt 6

1: Die Senatoren und Abgeordneten erhalten für ihre Tätigkeit eine Entschädigung, die gesetzlich festgelegt und vom Schatzamt der Vereinigten Staaten von CIG ausgezahlt wird. Sie sind in allen Fällen, mit Ausnahme von Verrat, Verbrechen und Friedensbruch, vor Verhaftung geschützt, solange sie an einer Sitzung ihres jeweiligen Hauses teilnehmen oder sich auf dem Hin-

oder Herweg befinden. Kein Mitglied darf wegen seiner Reden oder Äußerungen in einem der Häuser andernorts zur Rechenschaft gezogen werden.

2: Kein Senator oder Abgeordneter darf während seiner Amtszeit in irgendeine Beamtenstellung im Dienste der Vereinigten Staaten von CIG berufen werden, die während dieser Zeit geschaffen oder mit erhöhten Bezügen ausgestattet wurde. Auch darf niemand, der ein Amt im Dienste der Vereinigten Staaten von CIG bekleidet, während seiner Amtsdauer Mitglied eines der beiden Häuser sein.

Abschnitt 7

1: Alle Gesetzesvorlagen zur Aufbringung von Haushaltsmittelns gehen vom Repräsentantenhaus aus. Jedoch kann der Senat wie bei anderen Gesetzesvorlagen Abänderungs- und Ergänzungsvorschläge einbringen.

2: Jede Gesetzesvorlage, die vom Repräsentantenhaus und vom Senat verabschiedet worden ist, soll, ehe sie Gesetzeskraft erlangt, dem Präsidenten der Vereinigten Staaten von CIG vorgelegt werden. Wenn er sie billigt, so soll er sie unterzeichnen. Andernfalls soll er sie mit seinen Einwendungen an jenes Haus zurückverweisen, von dem sie ausgegangen ist. Dieses nimmt die Einwendungen ausführlich zu Protokoll und tritt erneut in die Beratung ein. Wenn nach dieser erneuten Lesung zwei Drittel des betreffenden Hauses für die Verabschiedung der Gesetzesvorlage stimmen, so wird sie zusammen mit den Einwendungen dem anderen Hause zugesandt, um dort gleichfalls erneut beraten zu werden. Wenn sie die Zustimmung von zwei Dritteln auch dieses Hauses findet, wird sie Gesetz. In allen solchen Fällen aber erfolgt die Abstimmungen in beiden Häusern nach Ja- und Nein-Stimmen, und die Namen derer, die für und gegen die Gesetzesvorlage stimmen, werden im Protokoll des betreffenden Hauses vermerkt. Wenn eine Gesetzesvorlage vom Präsidenten nicht binnen zehn Tage (Sonntage nicht eingerechnet), nachdem sie ihm unterbreitet wurde, zurückgeleitet wird, erlangt sie in gleicher Weise Gesetzeskraft, als ob er sie unterzeichnet hätte, es sei denn der Kongress hat durch Vertagung die Rückleitung verhindert; in diesem Fall erlangt sie keine Gesetzeskraft.

3: Jede Anordnung, Entschließung oder Abstimmung, für die übereinstimmende Beschlüsse des Senates und des Repräsentantenhauses erforderlich sind (ausgenommen zur Frage einer Vertagung), muss dem Präsidenten der Vereinigten Staaten vorgelegt und, ehe sie wirksam wird, von ihm gebilligt werden. Falls er ihre Billigung ablehnt, muss sie von Senat und vom Repräsentantenhaus mit einer Zweidrittelmehrheit nach Maßgabe der für Gesetzesvorlagen vorgeschriebenen Regeln und Fristen neuerlich verabschiedet werden.

Abschnitt 8

Der Kongress hat die Befugnis:

1: Umsatzsteuern, Zölle, Abgaben und Verbrauchersteuern aufzuerlegen und einzuziehen, um für die Zahlungsverpflichtungen und Verteidigungskosten der Vereinigten Staaten von CIG aufzukommen. Jedoch sind alle Zölle, Abgaben und Verbrauchersteuern für das gesamte Gebiet der Vereinigten Staaten von CIG einheitlich festzusetzen. Dem Kongress ist es verboten, Steuern, Zölle, Anwendergebühren oder andere der Regierung zugutekommende Erträge zu erheben, wenn diese zehn Prozent des Bruttoinlandsproduktes der Vereinigten Staaten von CIG übersteigen, es sei denn in Zeiten von Krieg oder nationalem Notstand. In Zeiten von nationalem Notstand kann zeitweise eine Mehrwertsteuer eingeführt werden, Einkommenssteuern sollen jedoch nicht erhoben werden.

2: Geld auf Kredit der Vereinigten Staaten von CIG zu entleihen in Zeiten von Notstand oder Krieg. In Friedenszeiten ist es dem Kongress verboten, Geld für den gewöhnlichen Betrieb der Regierung zu entleihen. Für den Fall, dass die Ausgaben das Staatseinkommen überschreiten, kommt es automatisch zu pauschalen Ausgabenkürzungen.

3: Den Handel mit fremden Nationen, sowie zwischen Einzelstaaten zu regeln.

4: Eine einheitliche Einbürgerungsordnung und ein einheitliches Konkursrecht innerhalb der gesamten Vereinigten Staaten von CIG festzulegen.

5: Geld zu münzen, seinen Wert sowie den Wert fremder Währungen festzulegen und Maße und Gewichte zu eichen.

6: Strafbestimmungen für die Fälschung von Staatsobligationen und gültigen Zahlungsmitteln der Vereinigten Staaten von CIG zu erlassen.

7: Den Fortschritt von Kunst und Wissenschaft zu fördern, indem Autoren und Erfindern für begrenzte Zeit das alleinige Recht an ihren Werken und Entdeckungen zugesichert wird.

8: Dem Obersten Bundesgericht nachgeordnete Gerichte zu bilden.

9: Seeräuberei und andere Kapitalverbrechen auf hoher See sowie Verletzungen des Völkerrechts begrifflich zu bestimmen und zu ahnden.

10: Krieg zu erklären, Kaperbriefe auszustellen und Vorschriften bezüglich des Beute- und Prisenrechts zu

Wasser und zu Lands zu erlassen.

11: Armeen aufzustellen und zu unterhalten. Jedoch darf die Bewilligung von Geldmitteln zu diesem Zwecke eine Frist von zwei Jahren nicht überscheiten.

12: Eine Marine, eine Luftwaffe und eine Raumfahrtbehörde zu begründen und zu unterhalten.

13: Reglements für Führung und Dienst der Land-, Luft-, Weltraum- und Seestreitkräfte zu erlassen.

14: Vorkehrungen für den Einsatz der Miliz zu treffen, um die Bundesgesetze durchzusetzen, Aufstände zu unterdrücken und Invasionen abzuwehren.

15: Vorkehrungen zu treffen für die Organisation, Bewaffnung und Ausbildung der Miliz sowie für die Führung derjenigen Teile, die sich im Dienste der Vereinigten Staaten von CIG befinden; wobei jedoch den Einzelstaaten die Ernennung der Offiziere und die Aufsicht über die Ausbildung der Miliz nach den Vorschriften des Kongresses vorbehalten bleiben.

16: Da die Miliz als erste Instanz der Landesverteidigung dient, darf ein bezahltes, stehendes Heer weder zugelassen noch unterhalten werden. Die Armee darf Kriegsgeräte für den Gebrauch der Miliz unterhalten.

Vom Kreuz zur Krone und in die Zukunft

17: Alle Gesetze zu erlassen, die nötig und angemessen sind für die Umsetzung der vorstehenden Befugnisse sowie all der Befugnisse, die diese Verfassung der Regierung der Vereinigten Staaten von CIG, ihren Abteilungen oder Abgeordneten verleiht.

18: Der Kongress ist verpflichtet, Gesetze zu erlassen, die Marktkonzentrationen und Monopolbildung einschränken oder verbieten.

19: Der Kongress ist verpflichtet, Gesetze zu erlassen, die die Durchführung von Depositen- und Emissionsgeschäften innerhalb ein und desselben Unternehmens verbieten.

20: Der Kongress ist verpflichtet, Gesetze zu erlassen, nach denen jede Bank auf einen Maximalanteil von einem Prozent des gesamten Bankgewerbes beschränkt ist.

21: Der Kongress ist verpflichtet, Gesetze gegen Zinswucher zu erlassen.

22: Der Kongress ist verpflichtet, Gesetze zu erlassen, die Beteiligungsgesellschaften und Konglomerate in bestimmten Industrien verbieten.

23: Der Kongress ist verpflichtet, Gesetze zu erlassen,

die erfordern, dass sich sämtliche Medienunternehmen im Besitz individueller Bürger (lebendiger, genetisch nicht modifizierter, biologischer Personen) von CIG befinden.

24: Der Kongress ist verpflichtet, Gesetze zu erlassen, die die Informationsfreiheit für alle Bürger von CIG garantieren.

25: Der Kongress ist verpflichtet, Gesetze zu erlassen, die die Bürger von CIG davor schützen, von Regierungsbürokratien belästigt oder misshandelt zu werden. Kommt es zu unrechtsmäßigen bürokratischen Maßnahmen, so ist der Kongress verpflichtet, für die Rückerstattung von Schadensersatzzahlungen in dreifacher Höhe sowie für die volle Rückerstattung von Rechtskosten und Nebenkosten zu sorgen.

26: Der Kongress ist verpflichtet, Gesetze zu erlassen, die die Regierung zum Schadensersatz verpflichten, sollte sie Gesetze erlassen, die das Recht eines Menschen einschränken, sich zu verteidigen.

27: Alle vom Kongress beschlossenen Gesetze verlieren ihre Gültigkeit innerhalb von zehn Jahren nach ihrem ersten Inkrafttreten. Die Gesetze sollen in zehn Gruppen aufgeteilt werden, sodass jedes Jahr nur ein Zehntel entfällt.

Abschnitt 9

1: Das Habeas-Corpus-Recht zum Schutze der persönlichen Freiheit (Recht auf unverzügliche Haftprüfung) darf nur dann aufgehoben werden, wenn die öffentliche Sicherheit es im Falle eines Aufstandes oder einer Invasion verlangt.

2: Kein Ausnahmegesetz zur Entziehung der bürgerlichen Rechte und kein Strafgesetz mit rückwirkender Kraft darf verabschiedet werden.

3: Kopfsteuern oder sonstige direkte Steuern dürfen nur im Verhältnis zu der hierin zuvor angeordneten Volkszählung oder Volksschätzung auferlegt werden.

4: Weder Steuern noch Zölle dürfen auf Waren erhoben werden, die aus einem der Einzelstaaten exportiert werden.

5: Eine Begünstigung von Häfen eines Einzelstaates gegenüber denen eines anderen durch Handels- oder Umsatzvorschriften darf nicht gewährt werden. Auch dürfen Schiffe, auf dem Weg zu oder von einem der Einzelstaaten, nicht genötigt werden, in einem anderen Einzelstaat anzulegen, zu klarieren oder Gebühren zu entrichten.

6: Geld darf nur infolge von gesetzlichen Bewilligungen

aus der Staatskasse entnommen werden; ein regelmäßiger Auszug und Bericht aller Einkünfte und Ausgaben der öffentlichen Hand ist von Zeit zu Zeit zu veröffentlichen.

7: Niemand, der ein besoldetes oder ehrenamtliches Amt im Dienste des Kongresses bekleidet, darf ohne dessen Einwilligung Geschenke, Entlohnungen, Ämter oder Titel jeglicher Art von jedwedem König, Fürsten oder fremden Staat annehmen.

8: Dem Kongress ist es untersagt, dem Terror, den Drogen, der Armut oder anderen nichtstaatlichen Instanzen den Krieg zu erklären.

9: Dem Kongress ist es untersagt, Programme für Gesundheitsvorsorge, Bildung, Sozialhilfe und Sicherheit einzuführen oder zu finanzieren.
10: Dem Kongress ist es untersagt, seine Befugnisse der Exekutive und ihren Bürokratien zu überschreiben.

11: Dem Kongress ist es untersagt, einen nationalen Polizeiapparat oder einen zivilen Geheimdienst zu etablieren.

12: Dem Kongress ist es untersagt, Dokumente mit Geheimhaltungsstufe zu versehen, wenn diese keinen wesentlichen Einfluss auf die nationale Sicherheit haben.

13: Dem Kongress ist es untersagt, eine Zentralbank zu gründen oder zu genehmigen.

14: Dem Kongress ist es untersagt, eine Umweltschutzbehörde zu gründen oder Gesetze zum Umweltschutz zu erlassen.
15: Dem Kongress ist es untersagt, das Internet zu reglementieren.

16: Die Regierung befürwortet und würdigt das Ideal des unabhängigen Bürgers und sie erkennt an, dass Privateigentum ein Teil des unabhängigen Bürgers ist. Dem Kongress ist es untersagt, Gesetze zu erlassen, die den Wert von privatem Eigentum ohne gerechte Entschädigung mindern oder beeinträchtigen.

17: Dem Kongress ist es untersagt, Gesetze zu erlassen, die staatliche Lizensierung für gewisse Erwerbstätigkeiten erforderlich machen.
18: Der Kongress darf Rauschmittel regulieren, jedoch nicht völlig verbieten.

Abschnitt 10

1: Kein Einzelstaat darf einem Vertrag, einem Bündnis oder einer Konföderation beitreten, Kaperbriefe ausstellen, Geld münzen, Banknoten herausgeben, ein gesetzliches Zahlungsmittel außer Gold- oder Silbermünzen einführen, ein Ausnahmegesetz zur

Entziehung der bürgerlichen Rechte, ein Strafgesetz mit rückwirkender Kraft oder ein Gesetz, das die Erfüllung von Vertragsverpflichtungen beeinträchtigt, verabschieden.

2: Kein Einzelstaat darf ohne die Einwilligung des Kongresses Abgaben für Importe oder Exporte verlangen, soweit dies nicht zur Durchführung der Überwachungsgesetze unbedingt nötig ist. Der Reinertrag, den ein Staat durch die Erhebung von Zöllen und Abgaben auf Importe und Exporte erwirtschaftet, soll dem Schatzamt der Vereinigten Staaten von CIG zur Verfügung stehen. Alle derartigen Gesetze unterliegen der Revisions- und Aufsichtsbefugnis des Kongresses.

3: Kein Staat darf ohne die Einwilligung des Kongresses Tonnengelder erheben, in Friedenszeiten Truppen oder Kriegsschiffe unterhalten, Vereinbarungen oder Verträge mit einem der anderen Staaten oder mit einer fremden Macht schließen oder Krieg führen, außer wenn er angegriffen wird oder in unmittelbarer Gefahr ist, die keinen Aufschub duldet.

Artikel IV

Abschnitt 1

1: Die exekutive Macht obliegt dem Präsidenten der Vereinigten Staaten von CIG. Er soll sein Amt für eine

Amtszeit von vier Jahren bekleiden und wird, zusammen mit dem für dieselbe Amtszeit ernannten Vizepräsidenten, wie folgt gewählt:

2: Jedes gewählte Mitglied des Repräsentantenhauses erhält eine Stimme in der Präsidentschaftswahl.

3: Jede Person mit mindestens zehn Stimmen der gewählten Mitglieder des Repräsentantenhauses gilt als Präsidentschaftskandidat.

4: Sobald die Kandidaten feststehen, wählt das gesamte Repräsentantenhaus den Präsidenten. Erhält kein Kandidat fünfzig Prozent oder mehr der Stimmen des Repräsentantenhauses, findet eine zweite Wahlrunde statt. In der zweiten Runde dürfen die sieben Kandidaten mit den meisten Stimmen um die Präsidentschaft konkurrieren. Erhält kein Kandidat fünfzig Prozent oder mehr der Stimmen des Repräsentantenhauses, findet eine dritte Wahlrunde statt. In der dritten Wahlrunde wird der Kandidat mit den wenigsten Stimmen der zweiten Runde als Präsidentschaftskandidat eliminiert, und die verbleibenden sechs Kandidaten konkurrieren in der dritten Runde. Erhält kein Kandidat fünfzig Prozent oder mehr der Stimmen, kommt es zu weiteren Wahlrunden, wobei der Kandidat mit den wenigsten Stimmen in der folgenden Runde ausscheidet. Der Kandidat, der fünfzig Prozent oder mehr der Stimmen erhält, wird Präsident der Vereinigten Staaten von CIG.

5: Der Kongress darf über den Zeitpunkt der Wahl bestimmen, doch die Wahl muss in kontinuierlicher Weise fortgesetzt werden bis der Präsident gewählt ist.

6: In das Amt des Präsidenten können nur in den Vereinigten Staaten von CIG geborene Bürger oder Personen, die zur Zeit der Annahme dieser Verfassung Bürger der Vereinigten Staaten von CIG waren, gewählt werden. Es kann niemand in dieses Amt gewählt werden, der nicht das Alter von 35 Jahren erreicht hat und mindestens vierzehn Jahre lang Bürger der Vereinigten Staaten von CIG gewesen ist.

7: Im Falle der Amtsenthebung des Präsidenten oder seines Todes, Rücktritts oder Unvermögens zur Wahrnehmung der Befugnisse und Pflichten seines Amtes geht dieses auf den Vizepräsidenten über. Der Kongress kann per Gesetz für den Fall der Amtsenthebung, des Todes, Rücktritts oder Unvermögens sowohl des Präsidenten als auch des Vizepräsidenten Vorsorge treffen und bestimmen, welcher Beamte dann als Präsident fungiert. Ein solcher Abgeordneter bekleidet das Amt so lange bis die Amtsunfähigkeit behoben oder ein Präsident gewählt worden ist. Der Dienst des Präsidenten soll auf zwei Amtszeiten beschränkt sein.

Vom Kreuz zur Krone und in die Zukunft

8: Der Präsident erhält zu festgesetzten Zeiten eine Vergütung für seine Dienste. Diese darf während seiner Amtszeit weder vermehrt noch verringert werden. Er darf während seiner Amtszeit keine sonstigen Einkünfte von den Vereinigten Staaten von CIG oder einem der Einzelstaaten beziehen.

9: Bevor er die Ausführung seines Amtes antritt, soll er folgenden Eid oder folgende eidesstattliche Bekräftigung leisten: „Ich schwöre feierlich, dass ich das Amt des Präsidenten der Vereinigten Staaten von CIG getreulich ausüben und die Verfassung der Vereinigten Staaten von CIG nach besten Kräften bewahren, schützen und verteidigen werde."

Abschnitt 2

1: Der Präsident ist der Oberbefehlshaber der Armee der Vereinigten Staaten von CIG sowie der Miliz der Einzelstaaten, wenn diese in den Dienst der Vereinigten Staaten von CIG berufen werden. Er kann von den Leitern jeder Regierungsabteilung eine schriftliche Stellungnahme zu jeglichen Dienstangelegenheiten der betreffenden Abteilung einfordern.

2: Er hat die Befugnis, auf Anraten und mit Einwilligung des Senats Verträge zu schließen, vorausgesetzt, dass zwei Drittel der anwesenden Senatoren zustimmen. Er nominiert auf Anraten und mit Einwilligung des Senats die Botschafter, Gesandten und sonstigen Beamten der Vereinigten Staaten von CIG, deren Ernennung nicht anderweitig hierin vorgesehen ist und deren Ämter durch Gesetz geschaffen werden. Der Kongress kann jedoch nach seinem Ermessen per Gesetz die Ernennung von unteren Beamten auf den Präsidenten allein oder auf die Leiter der Regierungsabteilungen übertragen.

3: Der Präsident hat die Befugnis, sämtliche Leerstellen zu füllen, die während der Senatsferien entstehen mögen, indem er Amtsaufträge erteilt, die mit Ende der Sitzungsperiode ablaufen.

4: Dem Präsidenten ist es untersagt, Dokumente mit Geheimhaltungsstufe zu versehen, wenn diese keinen wesentlichen Einfluss auf die nationale Sicherheit haben.

5: Dem Präsidenten und der Exekutive ist es untersagt, heimliche Terrorakte gegen die Bürger der Vereinigten Staaten von CIG auszuüben mit der Absicht, die öffentliche Meinung zu manipulieren (Operationen unter falscher Flagge). Jeglicher Verdacht auf Operationen unter „falscher Flagge" wird vom Generalinspekteur untersucht werden. Solche Operationen gelten als Akt der Kriegsführung gegen die Bürger von CIG.

Abschnitt 3

Er hat von Zeit zu Zeit dem Kongress über die Lage der Union Bericht zu erstatten und solche Maßnahmen zur Besprechung zu bringen, die er als notwendig und nützlich erachtet. Er kann bei außerordentlichen Anlässen beide oder eines der beiden Häuser einberufen. Er kann, sollten sich die beiden Häuser über den Zeitpunkt der Sitzung nicht einigen können, sie zu einem ihm passend erscheinenden Zeitpunkt einberufen. Er empfängt Botschafter und Gesandte. Er sorgt dafür, dass die Gesetze gewissenhaft vollstreckt werden und bevollmächtigt sämtliche Beamte der Vereinigten Staaten von CIG.

Abschnitt 4

Der Präsident, der Vizepräsident und alle Zivilbeamten der Vereinigten Staaten von CIG werden bei Amtsanklage und strafrechtlicher Verurteilung für Verrat, Bestechung und andere Verbrechen und Vergehen ihres Amtes enthoben.

Artikel V

Abschnitt 1

Gesetze, Urkunden und richterliche Beschlüsse jedes Einzelstaates genießen ihre volle Anerkennung und

Geltung in jedem anderen Staat. Der Kongress kann per Gesetzgebung bestimmen, wie derartige Gesetze, Urkunden und richterliche Beschlüsse nachzuprüfen und geltend zu machen sind.

Abschnitt 2

1: Die Bürger eines jeden Einzelstaates genießen alle Vorrechte und Freiheiten der Bürger anderer Einzelstaaten.

2: Eine Person, die in einem Staat des Verrats, eines Verbrechens oder eines Vergehens bezichtigt wird und versucht, dem Gesetz zu entfliehen und in einem anderen Staate aufgegriffen wird, muss auf Verlangen der Regierung des Staates, aus dem sie entflohen ist und unter Einwilligung der Regierung des Staates, in den sie entflohen ist, an den Staat ausgeliefert werden, unter dessen Gerichtsbarkeit das Verbrechen fällt.

3: Niemand, der in einem Einzelstaat nach dessen Gesetzen zu Dienst oder Arbeit verpflichtet ist und in einen anderen Staat entflieht, darf auf Grund dort geltender Gesetze oder Bestimmungen von dieser Dienst- oder Arbeitspflicht befreit werden.

Abschnitt 3

1: Neue Staaten können vom Kongress in diesen Bund

aufgenommen werden. Der Aufnahmeprozess für neue Staaten soll nach dem Verfahren für das Schließen von Verträgen mit fremden Staaten erfolgen. Der König von CIG besitzt die finale Entscheidungsgewalt über die Aufnahme eines neuen Staates.

2: Der Kongress hat das Recht, über die Ländereien und sonstiges Eigentum der Vereinigten Staaten von CIG zu verfügen und alle erforderlichen Anordnungen und Vorschriften hierüber zu erlassen. Keine Bestimmung dieser Verfassung darf so ausgelegt werden, dass durch sie Ansprüche der Vereinigten Staaten von CIG oder irgendeines Einzelstaates präjudiziert würden.

Abschnitt 4

Die Vereinigten Staaten von CIG garantieren jedem Staat in diesem Bunde entweder eine republikanische Regierungsform oder eine republikanische Monarchie und schützen jeden von ihnen vor feindlichen Angriffen und auf Antrag seiner gesetzgebenden Körperschaft oder Regierung (wenn die gesetzgebende Körperschaft nicht einberufen werden kann) auch vor internen Gewaltakten.

Artikel VI

1: Die zuvor genannten Senatoren und Abgeordneten, die Mitglieder der gesetzgebenden Körperschaften der Einzelstaaten und alle Verwaltungs- und Justizbeamte und Könige, sowohl der Vereinigten Staaten von CIG als auch der Einzelstaaten, verpflichten sich, durch Eid oder eidesstattliche Bekräftigung diese Verfassung zu wahren.

Über die Autoren

Rob und Gaia Carvell

Rob Carvell, geboren in England, kam 1976 in die USA, zum zweihundertsten Jahrestag. Er verbrachte die nächsten 12 Jahre an den spirituellen Frontlinien und arbeitete mit verschiedenen Programmen und Kampagnen, um schließlich Pastor in Austin TX und dann Little Rock AR zu werden.

1988 zog er nach NY, um einen TV- und Tonstudio-Komplex für die Kirche zu bauen.

Gaia Carvell, geboren in Italien, kam 1986 nach Amerika. Sie konzentrierte sich auf die Erziehung und Pflege ihrer Kinder, war aber immer bereit, ihren Glauben zu teilen, wo immer und mit wem es möglich war. Im Jahr 2015 erhielt sie, nachdem sie einige Jahre bei einem anglikanischen Bischof in einer Senioreneinrichtung gedient hatte, einen MA als Kaplan.

Beide leben heute in Tennessee und sind in der Weltfriedens- und Vereinigungskirche aktiv, die als Sanctuary Church bekannt ist.

Sie können sie erreichen unter
headwingway@gmail.com

Vom Kreuz zur Krone und in die Zukunft

Made in the USA
Middletown, DE
05 October 2023

40091913R00066